Contents

ひとつめのお話　子猫様のお気の向くまま

【三隅《みすみ》フンフンの場合】

そこはこの世のありとあらゆる骨とキラキラを集めた、犬のための絢爛豪華《けんらんごうか》なお城だった。

「勇者、フンフンよ！」

威厳に満ちた声が、謁見の間全体に朗々と響く。

フンフンの名を呼ぶのは、犬界を統べる犬の王様だ。王様は真っ白い毛皮の縁取りがついた赤いマントを羽織り、金色の王冠をかぶったパグ犬である。おおむね機嫌が良くて、鼻ぺちゃで食いしん坊な御方であった。

臣下の犬たちも大勢見守る中、フンフンは王様の前でうやうやしく『お座り』の姿勢をとった。

「そなたの嗅覚と行動力は、まことに見事なものである。三隅家の治安をよく守り、草むらの診察券を見つけてご縁を結び、ひいては公園に捨てられていた子猫を救うにいたった！　真のミニチュア・ダックスフントの名にふさわしい！」

おおー、と犬たちがざわめく。

（いやあそれほどでも）

フンフンは驕《おご》ることなく謙遜し、はみ出た嬉《うれ》しさで尻尾が揺れてしまわないよう、短い後ろ脚に力を入れた。

犬界の王様は続けた。

「よって勇者フンフン。そなたに勲一等のメダル——『オーダー・オブ・ワンダフル』を授けよう！」

どこからともなく聞こえてくる、金管楽器のファンファーレ。

白い骨形の玉座の脇から、ビロードのクッションにメダルをのせた人間の女の子が、しずしずと進み出てくる。

「藍《あい》ちゃん……？」

「いいえフンフン様。今の私は、そのような名前ではありません」

そうなの？　おかっぱ頭でよく似ているんだけどな。

ご主人の藍にそっくりな女官が、フンフンの首に、メダルがついた首輪をつけてくれる。

「お似合いです」

「ほ、ほんと？」

「ええ。さ、お散歩の時間ですよ」

女官は笑って立ち上がった。手にはいつも家で使っている、散歩用のリードがあった。

彼女と一緒に赤い絨毯《じゅうたん》をトコトコ歩いていくと、謁見の間のドアを、人間の侍従が開けた。

「鴨井《かもい》心晴《こはる》……」

「とんでもございません。今の私は名もなきモブ。あるいは猫の下僕」

世が世なら、日がな一日草でも食べていそうな優男は、平身低頭の姿勢で答えた。

「やっぱり猫なんだ」

「フンフン様がなしとげたことは、そんな猫好きでさえかしづかせる偉業なのです。さあお行きください。勇者フンフンの凱旋《がいせん》を、みな待っております」

残りのドアも、重い音をたて次々と開け放たれていった。

表のまばゆい光が、正面から差し込んでくる。まるで天がフンフンを祝福し、行く道を果てまで照らし出すかのようだ。

「今のフンフン様を妨げるものは、何一つございません。電線のカラスも、知らない郵便配達の人も、道路のトラックですら、『オーダー・オブ・ワンダフル』の前には道を空けるでしょう！」

心晴に似た侍従が、予言をした通りだった。王様のお城を出た先には、犬も猫も人も大勢いたが、フンフンと女官が一緒に歩けば、さっと左右に割れて道ができる。

「ありがとう！」

「ありがとうフンフン！」

「いい犬だよフンフン！」

熱い歓声と、舞い散る紙吹雪。いつもは生意気なカラスたちが、電線の上で『参りました』と降参のポーズをしている。

これが勇者の凱旋か。

フンフンは大歓声のシャワーを浴びながら、リードを握る女官を振り返る。彼女はこちらと目が合って頷《うなず》き、にっこり微笑《ほほえ》んだ。フンフンはますます嬉しくなった。

貰《もら》ったメダル、『オーダー・オブ・ワンダフル』が、歩くたびにキラキラ光ってまぶしいぐらいだ。ミニチュア・ダックスフントの短い脚では、ちょっとがんばらないと地面にくっついてしまいそうだったので、なおさら顔をあげて胸を張った。

「フンフン！」

「フンフン！」

えっへん。

みんな見て。ボクやったよ。みんなみんな褒めて褒めて褒めて――。

「……おーい。フンフンー？」


――そして。

三隅フンフンが目覚めて最初に見たのは、部屋のカーペットに膝をつき、こちらに向かってスマホを向けるご主人の姿だった。

ここは夢のお城ではなく、埼玉県南部の川口《かわぐち》市。さらにはその片隅にある一軒家の、二階六畳間だ。

藍のさらさらとした癖のないおかっぱ頭の肩越しに、夢といい勝負のまばゆいお日様が輝く出窓が見える。今日の天気は快晴のようだ。

フンフンは犬用のクッションベッドで寝ていたが、とりあえず向けられたスマホの匂いをかいでみた。

「ちょ、フンフン。なんでもくんくんしないで。カメラのレンズが濡《ぬ》れちゃうよ」

それはもう、お鼻チェックは犬の習性ですからとしか言えない。

相手の状態を判別するのに、嗅覚ほど便利なものはないと思う。このお嬢さんの名前は、三隅藍。愛称は藍ちゃん、あるいは名字から取ってみすみんと呼ばれている。三隅家の一人っ子で、現在十八歳の高校三年生だ。

「何かいい夢でも見ていたの？　さっきからずーっと、前脚と後ろ脚がぴくぴく動いていたんだけど」

藍が、こちらの鼻息で曇ったレンズを拭きながら訊《き》いてきた。

はて。ちょっと犬界の王様に表彰されて、臣民の歓声を浴びながら凱旋パレードをしてきただけだが。

思い返してもいい夢だった。フンフンは余韻にひたってうっとりする。藍によく似た女官に優しくされ、心晴に似た侍従はぺこぺこし、カラスは道を空け、道路の端々から骨やペットフードが噴き出した。

（はっ）

――つまりそうやっていい気分で夢の国にいたフンフンを、この人は黙って動画に収めたわけか。ご主人てば、お行儀が悪いよ。

お詫《わ》びにもっと構ってもらおうと思ったら、その藍が笑って言った。

「とりあえず、一階に行こうか。朝ご飯にしよう」

朝ご飯。いい響きだね。

夢の中でも可愛《かわい》かった彼女は、現実でも大変可愛らしい。文句のつけようもない提案に、フンフンは尻尾を振って賛同した。

「はい、フンフンお座り」

まずは専用のご飯入れに、ドッグフードを入れてもらう。

フンフンは王様に謁見した時のように、さっと腰を下ろす。

「いいよ。食べてよし」

わーい。

床でもりもりフードをいただく一方、頭の上のダイニングテーブルでは、人間もご飯タイムのようだった。

「そうだお母さん。今日は私、フンフンと一緒にでかけるから」

「あら、犬連れ？　どうしたの？」

「うん、ちょっとね」

日曜日の朝ご飯は、藍も学校に行く必要がないため、いつもより会話ものんびりしている気がする。テーブルについているのは、藍と里子《さとこ》ママの二人だけだ。

この三隅家は、三隅のパパさんとママさんと藍の三人家族であったが、パパさんが金沢《かなざわ》に単身赴任中のため、日頃は里子ママと藍だけで家を守っているのだ。勇者フンフンの存在が、防犯的に重要なのもおわかりであろう。

ずっと長いこと転勤続きで、藍が中三の時にようやくお迎えしたのがフンフンだった。

「汰久《たく》ちゃんと一緒に、子猫を見せてもらいに行くの」

「子猫……ああ、もしかして前に話してた子？　リリア近くの公園で、フンフンが捨て猫見つけたっていう」

「そう、それ」

朝食のチーズトーストをかじりながら、藍のお人形さんめいた目がやや泳ぐ。

「こは……知り合いの人がね、引き取って育ててくれているの。そろそろ会っても大丈夫だって言われたから」

なんだか煮え切らない言い方だが、心晴のことを里子に話す時は、いつもそうだ。

学校以外に友人ができたことを、隠すつもりはないようだが、詳しい説明をする勇気もないらしい。このあたりはかつて動物病院の待合室で話した白猫いわく、『親には言いづらい乙女心よ』とのことだが、ヒトでもメスでもないフンフンには理解が難しかった。

「犬連れなんかでお邪魔して、大丈夫なの」

「さあ……でも、是非にって言われているの」

「本当？」

「嘘《うそ》はついてないよ」

藍はむきになって言い返した後、テーブルの下に顔を出した。

「フンフンもさ、自分で見つけた子がどうなったか気になるよね？」

どうだろう。

たぶん、藍が思うほどにはわくわくしていない。

あの日、公園の植え込みで見つかった子猫は生まれて二週間ほどで、性別はメスとのことだった。

（――メス。メス、か……）

この世には、NNNという猫の素晴らしさを説く秘密結社が存在するらしい。NNNのエージェント猫はあらゆるスキルを駆使し、人間を猫の下僕にするべく画策するのだそうだ。キャロルはNNNのエージェントで、地上での布教ミッションを終えた後も組織を説得し、同じ飼い主のもとにやってくるのだと力説していた。どこまで本当かは謎である。

ただ薄汚れたタオルの中でニーニーもがいていた子ネズミもどきが、一皮むけば例の高慢ちきな白猫である可能性とか。こちらに会うなり、『はあい、おバカなイヌ』と偉そうに喋《しゃべ》りだしたりしないだろうかとか。もしそうだったらかなり驚くなとか。そんな益体もないことを考えてはいる。

「——よし。たぶん大丈夫」

藍は里子に言った通り、鏡の前で念入りに身支度を整えてから、後ろで待っているフンフンの首にリードを取り付けた。

基本的にフンフンは、お散歩大スキーの散歩犬なので、藍の目的がなんであろうと外に行くのはやぶさかではなかった。

「さ、行こうかフンフン」

「いってらっしゃーい」

「お母さんも、ゲームはほどほどにね」

「だいぶ拳が唸《うな》るようになってきたのよう」

はまっているボクシングゲームの話らしい。エプロン姿の里子が、洗面所の前でキレのあるファイティングポーズをとった。

そのまま藍と一緒に、家を出る。

「まずは汰久ちゃんのところに行こうね」

「わう！」

いわゆる『蔵前精工《くらまえせいこう》の蔵前さん家《ち》』と言えば、昭和《しょうわ》の時代から続く町工場の一つだそうで、ご近所でも新規のマンションと工場が入り交じる一帯にある。

今日見た夢の中では、勇者フンフンがリードを付けて歩くだけで周囲の人が道を譲ったが、現実はそんなこともなく。真っ黒いカラスがポストの上からフンフンを小馬鹿にするし、人間の子供に「あっ、ワンワンらー！」とぞんざいに指をさされた。

「よかったねえ、ワンワンだって。犬に見えるみたいだよフンフン」

藍のフォローは、時々変だと思う。犬じゃないならなんなのだ。

そんな感じで歩道をてくてくのんびり歩いても、十分もしないで目的地に到着した。

本日は日曜日なので、『蔵前精工』の工場側はひっそり静まりかえっていた。お隣の敷《しき》地《ち》に、二世帯対応の立派な家が建っている。

「カイザーがいるよフンフン」

藍に持ち上げてもらうと、柵の向こうの様子がよく見えた。

（ほんとだ！　姐《ねえ》さんだ！）

リビングにいる大型犬が、こちらに気づいて起き上がった。

白、黒、茶色の三色に染め抜かれた豊かな毛並みに、がっしりとした骨と筋肉を誇るバーニーズ・マウンテンドッグは、成犬ともなれば体重四十キロを超えるという。ミニチュア・ダックスフントであるフンフンの、実に十倍である。

しかしその気性は非常に穏やかで、フンフンは彼女が何かに怒ったり苛立《いらだ》ったりしている姿を見たことがない。メス犬なのに『皇帝《カイザー》』などとごつい名前を付けられても、終始おっとりしたものだ。今も掃き出し窓のガラス越しに、箒《ほうき》のような大きな尻尾をゆらゆらと左右に振ってくれている。

部屋の奥から人がやってきて、カイザーのかわりに窓を開けた。

「やっほうアイ！　相変わらず時間ぴったりだなー！」

こちら、蔵前家の『坊《ぼん》』こと蔵前汰久である。

一見して藍と同年代のハイティーンにしか見えないが、去年までランドセルを背負っていた中学一年生だ。カイザーに格好良さ優先で名前をつけた、張本人でもある。

犬も飼い主も、外見と中身の釣り合いがなかなか取れないが、転校続きだった藍にとっては、ご近所で最初にできた犬友コンビだった。

汰久とカイザーが、そろって庭に出てくる。

『おはようカイザー！　ご機嫌だね』

『うふふ。フンフンも元気そうで嬉《うれ》しいわあ』

カイザーが後ろ脚で立ち上がると、頭がフェンスよりも上になる。フンフンは藍に抱っこされたまま、柵越しに遠慮なく匂いをかぎあった。

犬が犬らしく近況を確かめあう一方、飼い主も人間らしく立ち話をしている。

「心晴さん、さっき家出たって」

「オレも聞いた。どうせなら、新しい動画の一つもよこせってんだよな」

「これから本物に会えるじゃない」

カイザーは飼い主の汰久について、『坊ったら、朝からそわそわしっぱなしなのよ』と説明してくれた。

『……いやー。気合い入ってるって言ったら、うちの藍ちゃんも相当なもんだよ』

何せ藍ときたら、里子に叱られるまで長風呂に浸《つ》かっていたし、過去に美術館で買った変なTシャツを可愛く着る方法を、真剣に模索していた。これは彼女が生真面目で、横着できない性格というだけでは決してないと思う。

ちょっとでも良く見せたい相手が、ちゃんといるのだ。

「おーい、汰久！　藍ちゃん！」

その声を聞いた瞬間、フンフンを抱く藍の手が、かすかに固まった。

振り返れば鴨井心晴の運転するコンパクトカーが路上にあり、藍の鼓動もまたキュンと跳ね上がるのだ。

犬の鼻は、なんだかんだ言って、人間よりもずっと色々なことを嗅ぎ取れると思う。

藍がこの青年を前にすると、いつもカチンコチンに緊張すること。それでも会えば嬉しい匂いになること。少し前に悲しい出来事があって、二人の間に流れる空気も悲しいものになっていたけれど、最近また流れが変わってきたこと。全部わかるのだ。

藍が泣いたり、罪悪感で落ち込んだりしているよりは、笑顔が増えて嬉しい匂いがする方がいい。だからこれは、ちょっと複雑でも喜ばしい傾向なのだと思っている。

「んじゃ、カイザー。家の中に入ってな。ハウス！」

『はあい、了解』

カイザーは汰久の命令で、まっすぐ寄り道もせず家の中に戻っていく。

汰久は車の助手席に乗り込み、藍も両手に抱えたフンフンごと、後ろの座席に乗り込んだ。

「おはようございます、心晴さん」

「ん、おはよう。今日はよろしく」

心晴はふだん、藍や汰久ぐらいの子たちに勉強を教える仕事をしているそうで、人当たりの良さだけは抜群なのだ。穏やかに笑う心晴に藍までつられて、ふわふわと可愛《かわい》い顔になっているからいけすかない。

（……い、いけないぞ。ボクはもう、邪魔とかしないって決めたんだから）

素直に応援するのだ。それが藍の幸せのためなのだ。

フンフンが己に言い聞かせていると、心晴がふと思い出したように言った。

「あ――そうだ。見たよフンフンの動画」

「ご覧になりましたか」

「動画？」

汰久が、二人の会話についていけずに聞き返した。

「さっき藍ちゃんが送ってくれたんだよ。見せてもいいよね、別に」

「はい、別に構いません」

心晴が自分のスマホを取りだし、助手席の汰久にＬＩＮＥの画面を見せた。

後ろの藍にも見える角度に持ってくれたので、結果的にフンフンも見守る形になった。

「ぷ……ぷはははははははは！」

「傑作だろう」

汰久が狭い車内で腹を抱え、長い脚をばたつかせて大笑いしている。

それは。恐らく藍が早朝に撮った動画で、フンフンが愛用のベッドで逆さまになってお腹《なか》を見せ、俗に言う『ヘソ天』状態になりながら、激しく中空を駆けている映像だった。

「いい！　すっげえダイナミックな寝相だな！」

「せっかくだから音楽もつけてみた」

「だはははははは！」

ちょっとねえ、藍ちゃん。何が『脚がぴくぴく動いてる』なの。そんな生やさしいレベルじゃないでしょこれ。全速力だよどう見ても。

心晴も心晴だ。この曲はあれでしょ。早朝にやってる時代劇の、オープニングテーマでしょ。殿様が白馬にのって、海岸ぱかぱか走るやつ。たまに藍ちゃんが見てるから、知ってるんだから。

「キャロルもたまに寝ぼけたりすることあったけど、ここまでのはなかったな」

「カイザーだってねえよ」

「つまり、よっぽどいい夢見てたんだな。なあフンフン」

心晴も大笑いしながら話しかけてきたので、フンフンは思い切り不機嫌に『フン！』と鼻息荒くあしらってやった。

内心犬が苦手な心晴は、一瞬本気でびくついたようだ。

ざまーみろとフンフンは思った。

（なんだ。お城のドア係のくせにー！）

やっぱりそう簡単に、物わかりのいい奴になんてなれないのだ。いけすかないのはいけすかない。

だってボク、勇者だけど犬だからー！


【三隅藍の場合】


でかける前にふと思った。自分が最後に鴨井心晴のアパートに行ったのは、いつのことだったろうかと。

見苦しくもゴミ置き場の前まで勝手に押しかけた時を除けば、確か夏休みに入ったばかりの七月だったと記憶している。その時はまだ、彼が長年飼って可愛がっていた、キャロルという白い猫も元気だった。

あれから三ヶ月がすぎ、街路樹の木が色づき始める中、藍は同じ心晴が運転するパッソに乗って、あの日と同じ道のりを走っている。

（奇跡だ）

起きてしまったことの悲しさを思えば、またこんな日が来るなんて、正直夢にも思わなかったと言っていい。汰久と一緒においでと許可を貰《もら》って、最初は本来の目的以上に胸がつまって言葉にならなかった自分がいる。

しかし奇跡だ幸運だと喜びにひたりながらも、藍には解消せねばならない素朴な疑問があった。

「あの、心晴さん……今さらこんなことを申し上げるのも、恐縮なのですが」

「なに？」

「本当にフンフンまで一緒にお邪魔して、大丈夫なのでしょうか」

母の懸念も、もっともなのだ。

これから会うのは、拾われてまだ二週間のチビちゃんのはずである。もちろん藍としてもフンフンがめったなことをしないよう、充分気を配るつもりだが、人も犬も同時に解禁とは大胆すぎやしないだろうか。

「いやー、俺はむしろ、フンフンにこそ会ってもらいたいんだよな」

「どういうことですか？」

「社会化期っていうのがあるんだよ。聞いたことある？　藍ちゃんでも汰久でもいいけど」

――こういう先生風の問いかけをしてくる時の心晴は、少し要注意だった。

とっさに身構えた藍とは裏腹に、汰久は大変素直であった。

「年号とか地名とか覚えやすい時期？」

「いいとこついたな。後でガリガリ君をやろう」

「え、マジ、当たり？」

それは社会化というより、社会科のような。藍が疑問に思う中、心晴はとうとうと解説を始めた。

「記憶には頭で考えて覚える『陳述的記憶』と、体で覚える『手続き記憶』の二種類があってな、汰久が言う年号や地名の暗記は、前者にあたるんだ。使う部位は、主に脳の海馬だ」

「ふんふんカイバ」

「反対に手続き記憶は、泳ぎ方とか自転車の乗り方なんかで、大脳基底核と小脳の二箇所で覚える。陳述的記憶は手続き記憶より定着しづらいのが難点なんだが、タンハツミノってホルモンが増えると、海馬だけじゃなく手続き記憶を司《つかさど》る小脳も使って覚えることが可能なんだ」

「へー、なんかうまそうな名前のホルモンだね」

「このタンハツミノの分泌が一番活発になるのが、社会化期と呼ばれる思春期の十代。汰久、今が出し時だぞ」

「え、まじ？　どうすんの？」

「まず早寝早起き、好き嫌いなくなんでも食べ、適度な運動を――」

「……あのね、汰久ちゃん」

「なんだよアイ。いいところなんだから邪魔するな」

「たぶんだけどね、それ心晴さんの冗談だと思う」

本当に汰久がホルモン勉強法を信じてしまう前に、注意をするべきだと藍は思った。

「藍ちゃんは、本当に真面目なお利口さんだなあ」

「心晴さん。何か冗談を言いたい気持ちはわかりますが、そういう時は誰にでも冗談だとわかるように言うといいと思います」

「それじゃ意味ないじゃないか」

心晴はハンドルを握りながら、ひょうひょうとうそぶいてくれる。

「……えーっと、どこまでが嘘《うそ》？」

「年号と地名が覚えやすい時期ってところからかな」

「最初からじゃねえかよ！」

「ホルモンがうまそうとか、汰久もいい線行ってたんだけどな」

藍は心晴のことを尊敬しているが、本当にあの手この手で適当なことを織り交ぜて喋《しゃべ》るのには、呆《あき》れてしまう時があった。あまりに堂々としているので、藍でも三回に一回は引っかかってしまうぐらいだ。

「んだよ、ちくしょー！　明日の漢字の小テスト、これで乗り切れると思ったのに」

「はは、ごめんな。でもな汰久、おまえが言った物を覚える特定の時期ってのは、あながち間違いでもないんだ」

「そうなん？」

「簡単に説明するとだな――犬とか猫が外界のあれこれに慣れて、柔軟に対応できるようになることを社会化って言うんだが、特定の時期に意識して訓練をすることで、この力を育みやすくなるんだよ」

いわく、猫ならだいたい生後二週目から九週目の間。社会化期と呼ばれるこの時期に触れ合ったものは、大きくなってからも親しみをもちやすいのだそうだ。

言われてみれば、フンフンを飼いだした時の手引き書にも、似たようなことが書いてあった気がする。

「逆に言うと、なんでも吸収するこのスポンジみたいな時期を逃すと、新しいものを受け入れるのもかなり大変になるんだ」

それは──。

ミラーに映る心晴の顔は、今までとは打って変わって、真剣なものに見えた。

「現代社会で暮らしていきたかったらさ、良くも悪くも慣れなきゃいけないものは沢山あるだろ。母猫以外に触れられることとか、インターホンやドライヤーなんかの大きな生活音、ふだん目にする車とか動物とかね。避けて通れないのに、必要以上にストレスになっちゃ可哀想《かわいそう》だ」

「確かに……」

「子猫の頃から人の世話をいっさい受けないで大きくなった野良猫とか、ずっと外で暮らしていた猫を保護するのが難しいのは、そういう訳もあるんだよ」

「本当に『社会勉強』の時期なのですね……」

「そういうことだ、藍ちゃん。うちのチビ助もちょうど訓練にいい時期だから、できるだけ色んなものに慣れさせておきたいんだよ」

つまり今回藍たちが呼ばれたのは、ただ可愛い子猫と遊びたいという、人間側のメリットだけではなく、子猫自身の成長のためでもあったのだ。

「――承知いたしました。うちのフンフンで良ければ、是非協力させてください」

聞いたか、フンフン。栄えあるファーストわんちゃんの役を仰せつかったのだ。責任重大だ。

「まあそんな、大仰にかしこまらなくてもいいけど。会う人間の種類は多いほどいいし、犬なんかはまだ一度もないからさ」

「んじゃコハル、カイザーの奴も連れてきた方が良かったか？」

「あー、カイザーかあ。あいつの気性の良さは捨てがたいが、部屋の容量の方がパンクするだろ」

「まあカイザーでかいからね」

「まずは何を置いてもフンフンだろ。顔合わせはしておいて、損はないと思うんだよな」

「アイの犬となると気合いが違うな」

――キィイ！

一時停止で踏み込んだブレーキが急ブレーキになり、車が激しく揺れて止まった。

「おまえな、危ないだろう」

「そりゃこっちの台詞《せりふ》だよ。何いきなりバグってんの」

まかしていた。

「何ってそりゃ……」

動揺の理由を話せば負けになると思ったのか、心晴はルームミラーの調整と咳払《せきばら》いでごまかしていた。

ちなみにお猫様ならぬ子猫様が暮らす神殿の所在地は、市役所近くの住宅街。ようするに心晴のアパートである。

（お邪魔いたします……）

藍は粛々と玄関で靴を脱いだ。

間取りは以前と同じ、1DKのシンプルな部屋だ。しかし以前はあった突っ張り式のキャットタワーがなくなったかわりに、半分毛布をかけたペットケージが置いてあった。

この段階で、藍たちの期待は否《いや》が応《おう》でも高まる。あの中に、尊い尊いご神体《コネコチャン》がおわすのだ。

こちらの到着に気づいたのか、ご神体がミーミーと鳴きはじめた。

「――こ、心晴さん！」

「鳴いていらっしゃるぞ！」

なんと心震わせる、いたいけな声か。

初手から動揺を隠せない藍たちだが、お世話係の心晴は落ち着いたものだった。

「はいはい、わかったからちょっと待てよ」

ケージに呼びかけながら、その場で毛布を取り去った。

藍はご神体を目にした瞬間、ムンクの『叫び』ポーズで悲鳴をあげそうになり、汰久はもっと正直に帽子《キャップ》をかなぐり捨ててカーペットに転がった。

「……お、抑えて私。まだフンフンを離しちゃ駄目。離しちゃ駄目」

「かわいー、かわいー、やっぱめっちゃかわいーわー！」

汰久が部屋の端から端まで、転がりながら悶《もだ》えている。

ケージには子猫用の小ぶりなトイレと、保温性のあるかまくら形のベッドが入れてあり、そのベッドの屋根の上に、白黒ブチの子猫がよじ登って可愛い声を出している。

藍はフンフンを両手で保持しながら、震え声で確認した。

「この子、今は何ヶ月でしたっけ」

「拾ってから二週間だから、生まれて一ヶ月ってとこかな」

「ずいぶん大きくなって……良かった……」

「昨日体重量ったら、六百五十グラムあった」

藍が実際にこの子猫を見たのは、散歩中の公園で保護され、動物病院に連れていかれる時の姿である。あの時は固まった目ヤニで目も開いておらず、猫の子供というより、弱った子ネズミのようだった。ちゃんと生きられるかすらわからず心配だったのに、今はどうだ。

(いのち。キラキラのいのち)

ペットケージの中にいるブチ猫は、生後一ヶ月ということで全体に一回り以上大きくなり、へたっていた耳はぴんとした三角に。ふわふわした子猫特有の毛が、顔から尻尾の先までしっかりと生えそろっている。白黒ブチの配置だけそのままに、元気に鳴いて動いている。

ただいま藍の目の前で、背伸びのあまりころんとひっくり返り、まん丸いお腹《なか》と、全部で四本ある脚の、ピンク色の肉球がしっかり見えてしまったところだ。これを感動と言わずになんと言うのだ。

「なあコハル、この子出たがってるみたいだぞ。出してやろうよ」

床を転がり続けていた汰久が、復活してケージの前に陣取った。もう一秒でも早く触りたくてしょうがないらしい。

心晴が苦笑しながら、ケージの扉を開けた。ベッドの屋根の上にいた子猫が、鳴きながら下へ降りてくる。華麗なるジャンプとはいかず、カーペットに出てきてからの動きも、よたよたしてややぎこちない。

「可愛《かわい》い……まだ歩き方は赤ちゃんですね」

たぶん自分は今、ものすごく緩んだ顔をしているだろう。汰久などはもう、デレデレもいいところだ。

近くで見る猫の瞳は灰色がかった青色で、これは本来の目の色ではなく、色素がはっきり出てくる前の子猫特有のものだろう。『キトン・ブルー』と呼ばれる現象だと、以前心晴に教えてもらったことがある。

「それでもな、ちゃんと動くものを追っかけたりはするんだよ。本能なんだろうな」

心晴が後ろの引き出しに手をのばし、玩具のボールを取り出して床に転がした。

すると子猫は、自分の目の前をころころと横切っていくボールに目を丸くし、ちゃんと狙いを定めて頭を下げ、お尻をふりふりしてから飛びかかった。藍と汰久は、ただただ言葉にならない声を漏らすばかりだった。

「猫ー、尊い子猫様ー……つか心晴、この子の名前ってなんて言ったっけ」

ああ、汰久ちゃんそれは駄目！

「ん？　プンプリプイッコだぞ」

子猫の一挙手一投足に相好を崩していた汰久が、固まった。

何度か目をしばたたかせて、

「ごめん、もっかい言って。なんだって？」

「プンプリプイッコ」

「ぷんぷりぷいっこ」

「そうだ。フィンランド語で、『綿棒』って意味だ。教えただろう」

「……ああ、そっか。そうだよな。なんかいつも忘れちゃうんだよな」

「しっかりしてくれよ」

汰久が微妙な顔つきで繰り返す気持ちも、藍には少しわかってしまった。

心晴が子猫を保護してから数日後、ＬＩＮＥが来たのだ。


『猫の名前決めた。女の子だからプンプリプイッコにしたよ』

自分はこの報告に、なんと返信すれば良かっただろう。『女の子』『だから』『プンプリプイッコ』、ここで『だから』という言葉で上下が繋がる意味がわからない。情けないがすぐには返事ができず、悩んだ末にどうとでも解釈可能なスタンプを送るにとどまった意気地なしである。

もしやこの人、名付けのセンスがない――？

（そういえばキャロルの名前って、心晴さんじゃなくてお祖父様がつけたって言ってたっけ）

今日ここに来るまで、『子猫様』に『チビちゃん』と、心の中でも遠回しな言い方しかしなかったのは、別に尊すぎて恐れ多いからでも、ハリー・ポッターの『名前を言ってはいけないあの人』的な忌名なわけでもない。単にプンプリプイッコの響きが突飛すぎて、すぐには出てこないからだ。

しかし他でもない、飼い主の心晴が名付けたのだ。センス云々《うんぬん》など主観に左右されることは横に置いておき、尊重しなければならないだろう。

「ぷ、プーちゃーん。見て、お友達のフンフンだよ。よろしくね」

「――藍ちゃん」

フンフンを子猫に紹介しようとしたら、やんわりと言われた。

「できるだけフルネームで呼んでくれないかな。プンプリプイッコって略さずに」

「は、はい。申し訳ありません」

「ごめんね。混乱させたくないから」

物腰はやわらかいが、毅然《きぜん》とした駄目出しであった。藍はうなずくしかなかった。略すのはダメ。あだ名もダメ。これは厳しい。

プンプリプイッコ。プンプリプイッコ。意味はフィンランド語で綿棒。

本当にフィンランドの人たちは、薬局で『プンプリプイッコください』と言っているのだろうか。関係ないことまで考えてしまう。

「プ、プンプリプイッコちゃーん……」

藍はあらためてフンフンを、ブチの子猫に近づけた。今度は心晴NGも出なかった。

ここまでフンフンは、部屋に入ってからも、見慣れない子猫を目にしてからも、興奮して吠《ほ》えたりもせず、ふだんの彼からすればかなりお行儀のいいお利口さんだった。

実際に子猫の前におろされると、彼は何が起きているかもよくわかっていない対象としばし見つめ合い、そっと鼻を近づけて匂いをかぐ。くんくん、くんくん、真剣かつ慎重な行為だ。そして今度は子猫に、自分自身の匂いをかがせるのも嫌がらなかった。

「わ、もう仲良し？」

フンフンが、その場で小さく鼻を鳴らす。鼻息に驚いたプンプリプイッコが、万歳のポーズでひっくり返る。

それでもフンフンは、仰向けの子猫をじっと見つめたまま。

まるでふわふわの毛皮の下に、何か『秘密』がないか見極めているかのようだった。

正式名称プンプリプイッコを囲んでボールを転がしたり、猫じゃらしを振ったりしていると、時間はあっという間に溶けていった。

「──いてっ」

「噛《か》まれたか」

「大丈夫、汰久ちゃん」

「いや……大丈夫。むしろご褒美。でもいてー」

汰久は興奮して歯を立てられた手の甲をさすっている。立派な猫のしもべ発言である。

「なんかキャロルの時よか、噛みが強烈なんだけど」

「そりゃあいつの場合は、手加減してたからな。子猫にそんなの無理だ。薬やるから、消毒はちゃんとしとけよ」

「ああそうか。オレ、あいつに手加減してもらってたのか。いい奴だキャロル……」

「あと、子猫の爪や乳歯は細いだろ。そのぶん突き刺さるってことだ」

なんでも生まれた時はほぼ爪が出っぱなしで、三週目から四週目に引っ込めることができるようになるらしい。そして五週目あたりでようやく、全部で二十六本ある乳歯が生えそろうのだそうだ。

猫の爪がいつでも出し入れ自由だと思っていた藍は、できない時期があることに驚いてしまった。

プンプリプイッコは、ちょうど小さな爪の収納ができるようになり、そろそろ子供の歯が出そろう時期だった。

心晴が汰久の前に、薬箱を置く。

「でもこんなカミソリみたいな歯じゃ、お母さん猫がお乳あげるのも大変だ」

「実際痛いんじゃないか。だから野生でも、歯が出てきたら離乳の始まりなんだ」

「プンプンプーコも？」

「ああ、今は離乳食の練習中。あとプンプリプイッコな」

そろそろ食事の時間らしいので、脇でお世話を見せてもらうことにした。

「離乳食って、何をあげるんですか？」

「母猫にならって、ネズミや蛇を柔らかくしたのを」

「あ、あげるのですか！」

「それは無理なので、子猫用のフードをミルクでふやかしてやります」

意味ありげにキッチンの冷蔵庫の下段を見つめるので、一瞬嫌な想像をしてしまったではないか。鴨井心晴め。

子猫用と成猫用のフードの違いは、粒の大きさに加えて栄養価なのだそうだ。

「蛇抜きでも大きくならなきゃいけないからね。カロリーは普通のカリカリに比べて高めに設定されてるんだ」

「大人の方がカロリー必要なイメージでした」

「逆、逆」

その高栄養価のご飯を、今は一日四回から五回にわけてあげているとの話だった。

まずは子猫用ミルクを人肌程度に温め、フードを加えて食べやすいようふやかす。

「成長に合わせて、ミルクとフードの比率を変えるんだと。あっちに持ってってくれる？」

「了解です。プンプ……リプイッコちゃーん、ご飯だよー」

よし、なんとか噛まずに言えた。

プンプリプイッコは、お守りの汰久に見守られながら、フンフンの短い脚にじゃれついているところだった。

「ほら、プンプリプイッコ。お腹減っただろ」

心晴の言葉がわかったのかは微妙だが、自分の食事セットを目にしたとたん、ミャーミャーとひときわ大きく鳴き始めた。

トレイを下におろすと、皿めがけてまっしぐら。

「おー、食ってる食ってる」

「だ、大丈夫？　ちゃんと息できてます？」

本当に頭から突っ込んで食べはじめるので、心配になってしまった。

案の定、食べ終わったプンプリプイッコの顔面は、ミルクとフードまみれであった。

「……本当に練習中なのですね」

「そのうちうまくなるだろ」

フンフンの時は、少なくとも最初からカリカリで離乳は完全に済んでいた。心晴が濡《ぬ》れた顔を、まめまめしくウエットティッシュで拭いてやっている。

そうして綺麗《きれい》にしてもらったプンプリプイッコは、目に見えてお腹《なか》がぽんぽこになり、食休みということでケージの中へ戻された。

「さて——と。俺たちも何か食べようか。どうする藍ちゃんたち、ホルモンの詫《わ》びじゃないけど、カルビと牛タンならあるよ」

「なんだって？」

汰久が耳ざとく反応する。

心晴がさきほどの冷蔵庫から、肉のパックを取り出してみせた。

「家《いえ》で焼き肉ができる」

——三十分後。藍たちは心晴が所有していたホットプレートで、じゅうじゅうと牛肉を焼いていた。

牛のタンは、塩コショウで軽く下味をつけたところをさっと加熱し、別口で作ったネギ塩ダレをつけていただく。鉄板の残りのスペースでは、カルビや野菜も着々と焼き上がっていた。

「すみません心晴さん、ご馳走《ちそう》になります」

「別に謝らなくていいから藍ちゃん」

「いっただっきまーす」

正座で律儀に頭を下げる藍に、さっそく箸をのばす汰久。

「汰久ちゃん汰久ちゃん、お手拭きあるから使って。ネギぽろぽろ落ちてるよ」

「おまえ、いくらなんでも盛りすぎだってそりゃ」

「このネギたっぷりがいいんじゃないのよ」

汰久が黒い服を好むのは、実は染みがついても目立たないからだというのを藍は知っている。蔵前のおばさんの知恵でもある。

しかし万が一にも心晴の前で、中一男子と同じ不覚を取るわけにもいかない。藍もかなり慎重にタン塩を口に運んだ。

（あ、おいしい）

焼いて脂を落としたタンに、手作りのネギ塩ダレのシャープな酸味が非常に合うではないか。心晴が台所に立ち、ちゃっちゃと冷蔵庫のネギを刻んで作っていたが、何か秘訣《ひけつ》があるのだろうか。

「心晴さん。このタレは、どうやって作るのでしょうか」

「あー、適当だよ。刻んだネギにごま油と鶏《とり》ガラスープとニンニクチューブ。あとレモン汁かな」

「配分は」

「だから適当」

その『適当』の配分が知りたいというのに。

――ミー。

食事をしていると、ペットケージの中から、か細い子猫の声が聞こえてきた。

「フンフンにも、肉をお裾分けしてやろうな。茹《ゆ》でた牛タンなら大丈夫だよな」

「大丈夫です。良かったね、フンフン。ご馳走だよ」

「ほら食えフンフン――おまえな、一枚しかないんだから丸呑《まるの》みするなよ」

――ミー。ミー。ミャー。

またた。ますます呼び出しの圧が強い。

「……心晴さん」

「なに」

「プンプリプ……イッコちゃんが、さっきから呼んでます」

「無視して。あいつの食事はすんでる。できるだけご飯に集中して」

そんなことを言われても。

心晴はこの状況に慣れているようだ。目の前の焼けた肉や野菜を、菜箸で各自の皿に移す作業を、まるで機械のように続けている。

「め、めちゃくちゃ食いづらい……っ」

「右に同じです！」

「そうは言っても、いつも放し飼いってわけにはいかないんだよ。危ない時もあるだろう」

「わかりますけど」

現に今も卓上には熱々のホットプレートが出ているし、その上で味付きの肉や玉ネギなど、禁忌食材がこれでもかと焼かれている。これ以外でも掃除や料理の最中など、じゃれてうっかり踏んでしまっては大変だ。

しかしそのたび、この破壊力の強い『出して』『遊んで』コールを聞くのか。体に悪そうだ。

「たとえばですが……心晴さんの匂いがするものとか、ケージに入る時に一緒に入れてあげたら、安心して落ち着かないでしょうか」

「俺の？」

「はい。プンプリ……プイッコちゃんにお母さん猫はいませんけど、心晴さんがお母さんの代わりではないですか。フンフンも家族の靴下とかを、寝床に持ち込んでお守りのようにしていたなと思いまして」

「あー、なんかわかるかも。カイザーの奴も、ちっこい頃はオレのスニーカーとか、ランドセルくわえてったことある。駄目っつったらやめたけど」

「大型犬は、持ち出しちゃう物も大きいね」

「いいじゃん心晴。プリプリプイッコに臭そうな靴下あげたら？」

「わざわざ臭そうとか付けるな。あとプンプリプイッコだ」

「無理だって覚えらんねーよ、そんなややこしい名前！」

——ああ。

思ってはいても言ってはいけないことを、ついに口にしてしまったかこの少年は。怖い物知らずの弟キャラよ。

「なんでこんな名前にしたの？　アイだって何度も何度もつっかえてたし！」

「汰久ちゃん。それは私たちがいけないからで」

「カイザーの名付け親のオレが言うのもなんだけどさ、名前っていうのはもうちょっと呼ぶ人のこと考えて付けるもんじゃねえの？」

汰久の剣幕が、心晴には本当に意外だったようだ。

「珍しけりゃいいってもんじゃないだろ」

「…………いや、すまん。まったくその通りだ汰久」

心晴は深いため息とともに、うなだれてしまった。

ここにいたるまで自覚がなかったというのも、ある意味驚きである。

「なんでこんな名前つけたかって……そりゃあいつの名前を考えた時は、まだ三〜四時間おきにミルクやらなきゃいけなくて、排泄《はいせつ》も自力でできないし、温度管理もシビアだし、やること多すぎで色々おかしくなってたというか。絶対に死なせちゃいけないって使命感と、他とかぶらないオンリーワンの名前にしなきゃいけないって強迫観念が睡眠不足のブーストで悪魔合体を起こしたというか……」

とにかく大変異常な状態の中でつけた結果のお名前らしい。

人間のお父さんやお母さんが、ハイになったあげくキラキラネームを生み出してしまう理由の一端を見てしまった気がした。

「そもそもなんでフィンランド語？　別に行ったことあるわけでもなし。綿棒なんて耳掃除と排泄介助にしか使ってなかっただろ。響きが可愛《かわい》かっただけか？」

「こ、心晴さん心晴さん。しっかりしてください」

「答えろ鴨井心晴。おまえには言う義務がある」

自省モードで総括を始める心晴を見て、藍は慌てた。

「――え。でも待ってください。それぐらい育てるのが大変ということでしたら、失礼ですが心晴さん、お仕事の方はどうされているのですか？」

フンフンが子犬の時は、当時専業主婦だった里子が、日中の面倒を見ていた。つい忘れがちだが、生まれて間もない赤ちゃんをお世話するという作業は、一人暮らしの独身男性が仕事と並行してやれるミッションではないのでは？　なんのために産休や育休があるというのだ。

いったいどうやって、ここまで大きくしたのだろう。

藍の疑問に、正気に戻った心晴は、やや気まずげな調子で教えてくれた。

「ああ。それはね……あんまりおおっぴらに言う話じゃないけど、職場に連れていってるんだよ」

「職場？」

それはつまり――心晴の場合は学校か？

【鴨井心晴の場合】

（ま、こんなもんか）

朝の儀式。こうして出勤前の鏡に映るのは、例によって毒にも薬にもなりそうにないが、生徒にはなめられやすい傾向にある童顔の男。二十五年間見慣れた顔だ。

どうせ校内ではジャケットを脱いで白衣を着てしまうので、格好にこだわる必要もない。剃《そ》り残しとノーネクタイのシャツに皺《しわ》がないことだけ確認して、最終的に洗面所を出た。

「でかけるぞー、プンプリプイッコ」

話しながらペットケージの扉を開け、にゃーにゃーと手足をばたつかせる子猫を取り出す。それを移動用のペットキャリーに詰め直して、そのまま出勤だ。

アパート前に駐めたパッソの助手席に、キャリーごとシートベルトをかけ、やはりにゃーにゃー鳴かせながら職場へ向かう。

(……いいのかな、こんなんで)

問いかけに返事はない。

埼玉県さいたま市の外れにある職場まで、このまま車で約三十分。私立美園《みその》学院は、中高一貫の共学校だ。心晴はここで生物を専門に教えている。

教職員用駐車場に車を駐め、ペットキャリー片手に校舎の通用口をくぐる。

「おはようございます、鴨井先生」

「あ、どうも。おはようございます佐々木《ささき》先生」

同僚の職員と、努めてなごやかな挨拶をかわしつつ、向から先は教員ロッカーでも職員室でもない。

とある部屋の前までやって来て、心晴はあらためて自問する。

（……いいのかな、こんなんで）

ノックの後に入った室内は、職員室のそれより上等の両袖机や、革張りの応接セット、優勝カップなどを納めた飾り棚などがまず目に入る。目線を上にすれば、過去就任した歴代校長の写真が入った額がずらり。

そう、ここは天下の校長室なのだ。

「やあ。おはようございます鴨井先生」

「っと——葦沢《あしざわ》校長」

完全に死角だった。心晴が開けたドアの脇から、現校長の葦沢が歩いてくる。

葦沢は身長こそ平均的な心晴よりもいくぶん低いが、恰幅《かっぷく》がいいのでダブルのスーツが似合う数少ない人種だと思っている。

「待っていましたよ。さ、プンプリプイッコを預かりましょうか」

彼は客人からコートと鞄《かばん》を受け取る熟練の執事のように、心晴からペットキャリーをもらい受けると、いそいそと自分の机へ向かう。

「あの――」

「なんですか？　鴨井先生」

四角い顔に好々爺然《こうこうや》とした笑みを張り付かせ、聞き返された。

「……その。本当にご厚意に甘えてしまっていいのでしょうか。自分としては、隙間時間に様子を見る許可を貰《もら》えればとは思っていましたが、ここまで助けていただくことは予想していなくて――」

「うちで面倒をみるのに、何か問題が？」

「いえ、そういうわけではないのですが」

「ならいいじゃないですか」

初めはやむにやまれず連れてきて、心晴の管轄エリアである生物準備室あたりで、ひっそりミルクだけでもやろうと思っていたのだ。顧問をしている生物部では、すでにドジョウや金魚、一時的な迷子犬の保護など飼育実績があった。

迷惑をかけないことを前提に、管理職の葦沢に相談したら、一言「ここに連れてきなさい」と言われたわけである。

「うちじゃなければ、いったいどこで様子を見るつもりだったんですか」

「一応、ロッカー室か生物準備室を予定していました」

「ロッカー室！　生物準備室！」

　葦沢は額に手をあて、大げさに嘆いた。

「君、そんなエアコンもない部屋に、体温調節もできない子猫一匹を置いておく気だったと」

「大変申し訳ありません」

　心晴は反射的に頭を下げた。

「ここでしたら、常に室温は一定です。私もいますから人の目もあります」

「おっしゃる通りです」

「私はいつでも子猫が見られます」

　葦沢は大真面目だった。

　――なんのことはない。美園学院トップに立つこの男は、無類の猫好きだったのだ。

　すでに葦沢が執務に使う両袖机の脇には、プンプリプイッコが日中過ごすためのケージも組んであった。段ボール箱に、百均のメッシュパネルと結束バンドを組み合わせただけの簡易なものだが、トイレもベッドも水飲みボトルも入れてあり、子猫一匹が暮らすには充分すぎるものだ。

「さ、鴨井先生は授業に行ってください。生徒たちが待っていますよ」

「……承知しました」

「プンプリプーちゃんは、ここで先生と待っていましょうね。できまちゅよねー」

あの葦沢が。孫に話しかけるように幼児語を使っている。怖い――などと思ってはいけないのだろう。

(あとプンプリプーちゃんではなく、プンプリプイッコです)

これも入職三年目の平教員では、とても強くは言えなかった。情けない。

――なんだかなあと、思っていてもしょうがない。

公私混同と最悪クビの可能性もあったとすれば、お目こぼししてもらった現状は幸運なことなのだ。

葦沢に言われた通り、受け持ちの授業は真面目にこなした。

四時間目終了の後、時間ぎりぎりまで生徒の質問を受け、終われば校長室に急ぐ。

(うお、やばい。昼休み、あと十分しかないじゃないかよ。この間にミルクと離乳食の準備して――)

腕時計を見ながら、校舎の階段を下りる。周りに生徒の目がある手前、いかにもなダッシュはできないが、できるだけ急いで校長室のドアを開けた。

「ごめんプンプリプイッコ。遅くなって――」

「あ、鴨井先生ー」

校長室の中は――大賑《おおにぎ》わいだった。

葦沢以外にも、同僚の教職員、中等部の制服を着た女子生徒などが、プンプリプイッコのケージを囲んでいる。

「やあ鴨井先生。遅かったですね。先にご飯は食べさせてしまいましたよ」

「……あ、どうも。ありがとうござい……ます」

「完食でしたよー、プー子ちゃん」

養護の女性教諭、富士野《ふじの》の笑顔がまぶしい。でも名前を略すのはやめてほしい。

「……なんか……日に日に盛況になってますね」

「そりゃあもう、子猫ちゃんが見られるって聞いたら」

「我が校一の癒《いや》しスポットですよここは」

胃弱で胃薬が手放せないと噂《うわさ》の根室《ねむろ》教頭が、銀縁の眼鏡を外し、深い皺の刻まれた眉間をおさえた。

「癒しスポット……」

「ご存じですか、鴨井先生……我が国最古の猫の飼育日記はですね、九世紀に宇多《うだ》天皇が残した『寛平御記《かんぴょうぎょき》』です。阿衡《あこう》事件など摂関家の醜い権力闘争に巻き込まれる一方で、父帝から譲り受けた一匹の黒猫を大切に育てたのです……」

「お疲れのようですね、根室教頭……」

素面《しらふ》で専門の古典ネタを語る癖が出ている。

「……保護者のクレーム対応に校務分掌の調整に……宇多天皇じゃないですが、猫でも愛《め》でないとやっていられないですよもう。なんで管理職試験なんて受けたのか……」

「わかりますともわかりますとも。『Mother Goose』には猫を主題に扱った詩が五つほどありますが――」

「物理学者のヘザリントンは、飼い猫と共著の論文を提出して――」

自分の専門分野に結びつけた猫話でくだをまく教師たちがいる一方、硬派強面《こわもて》で売る柔道部主将も顔を出した。『なぜか家で余っていた』という、子猫用フードの差し入れ持参だった。

「ネコチャンのお役に立てば！」

「……いや、無理しなくていいんだぞ」

「押忍！」

なんだろうこれは。お目こぼしどころか、生徒にも職員にも大好評ではないか？

「普段保健室登校してる子も、プーちゃんに会ってみようってここまで来たりするんですよ」

「生徒と教職員間の交流も図れますし、教育効果も充分ですね」

校長の葦沢は、急に人口密度が上がった部屋の光景に満足げだ。

「あ、鴨井先生。もしかしてお昼はまだですか？」

「それはいけない。ここは私たちが見ていますから、ささっと行ってきて大丈夫ですよ」

「確かこの後も委員会があるんでしょう？」

「……どうも、タスカリマス」

ほとんど追い出されるように校長室を出て、これでいいのかよと首をひねりながら、職員室の自席についた。引き出しに備蓄していたカロリーメイトを取り出し、無言で一気食いしたのだった。

「おまえにはプライドってものがないのか？　プンプリプイッコよ」

一日の仕事が全て終わると、校長室のプンプリプイッコを引き取って、再び車に乗せて自宅に帰る。心晴は途中で買ったビールのプルトップを開けると、カーペットにあぐらをかいた状態で聞いてみた。

「いくら人に慣れることが大事な時期って言ってもな」

ああも不特定多数の人間に取り囲まれて、少しは戸惑ったり嫌がったりはしないのか。

富士野によれば、飯まで完食したそうではないか。

キャリーから出されたばかりのプンプリプイッコは、真剣に問う心晴の話などまるで聞いておらず、こちらの膝の上によじ登ることの方が忙しいようだ。子猫特有の細い爪を使って、無心にアタックを仕掛けてくる。心晴は嘆息した。

(――そういや、こいつの名前も変だって言われてるんだよな)

汰久の奴め、正面から痛いことを。

しかし今さら別の名前をと言われても、すぐには出てこなかった。

強いて言うなら――。

「キャロル」

試しに思いついた名前を口にしたら、思った以上に大きく響いてどきりとした。

亡くなった飼い猫については、さすがに落ち込む時間は減ってきたが、忘れること自体は生涯ないだろうと思っている。

彼女の命が残りわずかとなった時、ちまたで耳にする噂話《うわさばなし》になぞらえて、早く生まれ変わってくるよう説いてはいたが、本当に実行したのかは神のみぞ知る世界だ。心晴には確かめる方法がない。

もしそうだったのなら嬉《うれ》しい。でも万が一違っていた場合、キャロルの面影を重ねるのはこの可愛《かわい》らしい生き物にとっても失礼な話だ。

「ににゃー！」

「──わかったよプンプリプイッコ。もうこの件は終わりにしような」

向き合うべきは、目の前の猫だ。肩の上まで登れて満足げな勇姿を褒めてやること。今はそれ以上求めてはいけない。

プンプリプイッコが、ついに山頂である心晴の脳天まで登り詰めたところで、心晴ごとスマホに収めて三隅藍のところに送った。

返事はすぐに来た。

『可愛い！　ありがとうございます』

たわいもないやりとり。藍の反応はいつも素直だ。心晴は気まずさを乗り越えてきたこの関係に、かなり救われていた。

（うん。明日もがんばろうな）

幸いプンプリプイッコも『校長室保育園』を嫌がってはいないようだし、この先もトラブルなく行ければいいのだ。若干の希望的観測も込めて、まだ缶に残っていたビールを飲み干した。

【鴨井プンプリプイッコの場合】


「おはようございます、葦沢校長」

「はいおはよう。プー子ちゃんも一緒ですね」

「すみません、今日もプンプリプイッコをよろしくお願いします」

「まったく構いませんよ。特に変わったところはないですね？」

「はい、特には。朝もちゃんと食べていました」

「けっこうけっこう」

んーあー？　んなー？　あぱぱぱのぱー。りゅりゅいりゅ？

「ささ、鴨井先生。ここは見ておりますから、早く授業の方に」

「申し訳ないです。できるだけ顔は出すようにします」

「面倒を見る人は多いから、心配は無用ですよ」

なーんー、うぴぽー、たたたたた。だー。

んーあー？　あはははははは。あぱぱぱぱのぱー。りゅりゅいりゅ？

「いいこでしゅねープーちゃん。そこは狭いでしょう。もっと大きいケージに移りましょうね」

なーんー、うぴぽー、たたたたた。だー。

ぱえぱえ？　なうー。

「さて。私も仕事を始めますか」

うなっ？　うなっ？

「――どうも、大変お世話になっております。はい、美園学院の葦沢です。次回の理事会についての確認なんですが――」

にゃぴぷー。

ぷぴー。ぺー。

「あの……」

「ん？　どうしたね君は。ああ、いつも養護の富士野先生と来てる子だね？　いいよいいよ一人でも構わない。良かったらこっちで将棋でも指さないかい？　そう、そこの猫でも見ながら」

るるるるる。

むむむむむ。

「すみません！　餌やりにきました」

「おや、鴨井君。もうそんな時間ですか」

「プンプリプイッコ。ご飯だぞー」

うまうまうあまうあまうまうまままみゃー。うまうまみゃー。

うまうまうあまうあまうあまうまうままままみゃー。うまうまみゃー。

「よし。食事、トイレの始末、全て終わりました。失礼いたします！」

「君もなかなかせわしないねえ」

「職員会議後にまた来ます！」

みゃうみゃうみゃうみゃうぷ……みゃう……み……すぴー。

「ほほ。プーちゃんは今度はおねむですか。寝る子は育つ。けっこうけっこう」

みゃう。

あぴぱー！

「おや、起きましたか」

ぱいーあー！　ぱぱぱぱぱぱあぱー！

ぱいみゃー！　うみぱー！

「ははは。ちょっとお待ちなさい。今やってるこれが終わったら、少しだけ遊んであげよう。できるかなー？」

たーうー！　あぴゃぴぷぺー？

「校長！　大変です」

「どうした根室君」

「北校舎で水漏れだそうです。場所は一階の男子トイレ。廊下にまで水が出ているそうです」

たーうー！　たーうー！

たー。

「とにかく、一帯の立ち入り禁止して。あと、水道の元栓は閉めましたか？」

「業者には今連絡をしています――」

りゅりゅりゅりゅりゅりゅ。

んー、んー、むー。

むい。むい。

ぱぷう。

みゃいっ。


【鴨井心晴の場合】


その唐突な全校放送は、午前と午後の通常授業が終了し、俗に放課後と呼ばれる時間帯に始まった。

『あ、あー。お忙しいところ突然失礼します。失礼します。あー』

心晴はその時、教室棟の三階で、生徒相手に補講をしているところだった。

「なんだこれ」

「放送委員の声じゃないよな。おっさんじゃん」

いつもとは違うノリの放送に、中間テスト赤点組が、そろってさざめきだす。心晴は教卓を軽く叩《たた》いた。

「いちいち騒ぐなー。目の前の問題に集中しろー」

「んでもさー」

『鴨井心晴先生。鴨井先生。至急校長室までいらしてください』

今度は心晴も驚いた。

「ちょっとー、先生じゃん。なんか悪いことでもしたの？」

「校長の呼び出しだー！」

「ああもう、おまえらうるさい。とりあえずプリントよく読んで、やれるところまで進めておいてくれ。いいな！」

「がんばれー」

好奇心でにわかに活気づくお猿たちに、静かにしろと言っても無駄だった。気休め程度の指示を言い渡し、急いで教室を後にした。

なんにしろ、放送は無視できなかった。声は本当に葦沢校長だった気がするのだ。いきなり放送で呼び出しとは、穏やかでない。心晴の身内に何かあったのか、あるいは――ともかく行って確かめるしかない。

指定の校長室をノックし、ドアを開けた。

部屋の中は、心晴が想像していた以上に異様な光景だった。

数人の大人がそろって床にひざまずいたり、脚立に乗って棚の上を見たりと、せわしなく動き回っている。

これは――。

「ああ、鴨井先生！」

養護教諭の富士野が、心晴に気づいて寄ってくる。

「どうしたんですかいったい――」

「それがですね。プーちゃんが……」

「……鴨井君、面目ない……っ」

「ひ」

またも心晴の死角から、葦沢が現れた。五十半ばを越えているはずの彼は、目や鼻と言わず顔全体を赤くして、今にも泣きそうだった。

「何があったんですか」

「うおおお」

「プンプリプイッコちゃんが、いなくなっちゃったそうなんです」

「は？」

いわく、ケージの中にプンプリプイッコがいないことに気づいたのは、今から一時間ほど前のことらしい。それからあちこち部屋の中を捜して回っているが、いっこうに見つからないという。

「ケージの扉は、ちゃんと閉まっていたと校長はおっしゃっています」

「昼休みの終わりに餌をやりに来ましたが、その時にクリップで出入り口を留めました。それから触っていないということですか？」

「そうだ。神に誓ってもいい！」

今は扉にあたるパネル部分が開け放たれているが、それは葦沢たちが中にまだいないか、隅々まで捜したからだろう。

部屋の中はざっと見ただけでも教頭に教員に事務方の職員もいて、この時間帯に手が空いていた学院の大人が残らずかき集められた感がある。

「……しくじったな。百均のワイヤーネットを組んだぐらいじゃ、簡単に穴抜けできたってことか……」

「え、だって鴨井先生。抜けられるような隙間なんてどこにも」

「あいつらの柔軟性を甘くみちゃいけないんですよ」

富士野が驚くが、実際猫の体は人間の体と構造自体がまったく違う。たとえば成人した人間が二百六本の骨でできているのに対し、猫の場合は二百四十四本。これはどういうことか。曲げられる箇所がそのぶん多く、さらには胸骨と肩甲骨をつなぐ鎖骨が、退化して短くなっているせいで、肩甲骨側の可動域が非常に広いというわけだ。

「ようするに骨の作りからして、頭蓋骨イコール顔が通ればほぼ全身が通るんですよ。子猫の時は、特に気をつけなきゃいけないんです……」

まだ小さすぎて、首輪すら付けられない体格だというのに。

(最近特に出たがってたからな)

油断していた自分自身の脇の甘さに、心晴は内心歯がみした。

「……とにかく、五時間目以降にケージを抜け出したと仮定して。この部屋にいるのは確かなんですか校長」

「恐らくは……」

「一度も窓もドアも開けていない？」

「保健室登校の生徒が来ましたが、あの子は昼休みになる前に帰っていきましたし……」

つとめて冷静に確認していくと、葦沢はある時点で喉を鳴らした。何か思い当たることがあったらしい。

「教えてください。包み隠さず」

「……ご、五時間目が始まってすぐあたりに、根室教頭から水漏れの報告を受けて席を外したことが」

「その時に、一緒に出ていった可能性は？」

「ない」

「ないんですね？」

「いや、ある……どうだろう……わからない……」

しっかりしてくれと思った。

「根室教頭はいらっしゃいますか！」

「私もわからんのだよー！」

いた。

彼はグレーの背広姿のまま校長室の隅にしゃがみこみ、ゴミ箱の底に向かって絶叫していた。

「そうですよ！　どちらが先に出たのかも！　ドアをしっかり閉めたのかも！　水道管の記憶に上塗りされて出てこないのです！　何も！　ええ何も！」

「鴨井先生。私らはね、自分に自信がないんですよ……」

絶句する心晴に対し、葦沢が死んだ魚の目で言った。

「何が全人教育ですか。何が人をマネジメントするですか。猫の子一匹の面倒も見られない人間の証言なんて、い、意味がないでしょう。やっぱりかくなる上はせっぷ」

「めったなことを言わないでください。あなたたち教職でしょう！」

「誰か、教頭と校長先生を休ませて」

自責の念に押しつぶされた美園学院ナンバー1とナンバー2が、その場で応接セットのソファに寝かされた。目を閉じてもまだ彼らはうなされていた。

「どうします、鴨井先生」

上司二人が倒れ、いっそうのプレッシャーが肩にのしかかる。

「……両方の可能性を考えましょう。出ていった場合と、まだ中にいる場合」

「わかりました。捜索の手を分けますね」

「すみませんみなさん。くれぐれもドアの開閉には気をつけてください」

残った同僚が、次々に了承の返事をする。心晴も周辺を捜す方に回った。

幸い生後一ヶ月少々の脚では、大して遠くには行けないはずだ。

――廊下の向かいから、がやがやと生徒が集団でやってきた。パート練習の場所を探す、吹奏楽部員のようだ。光る金管楽器が目にまぶしい。

「おーい、おまえたち。そこ、歩くなら足下に気をつけろ」

「え、なんでですか鴨井先生」

「子猫がいるかもしれない」

「子猫ぉ!?」

「ちょうどいいから、一緒に捜してくれないか」

猫の手も借りたい状況で、心晴は教え子たちも巻き込んだ。彼らは「猫だって」「鴨井先生の子猫?」「それやばい」「捜すんだって」と後ろの仲間へ順繰りに伝言リレーをしていって、「わかりましたー」と一致団結で協力を申し出てくれた。本当にありがたい。

「プーちゃーん」

「プー子ちゃーん。出ておいでー」

「プー太郎ー」

そうやって、人海戦術によるローラー作戦が展開されていったが、肝心のプンプリプイッコの姿はなかなか見つからなかった。

今となっては後の祭りだが、こんなことならケージのセッティングをもっとちゃんとやれば良かったと心晴は思った。あくまで一時的な預け先ということで、手をかけすぎるのをためらっていた自分をどやしつけてやりたかった。

人が好きで、警戒することを知らず、好奇心がおもむくままに行動したがるプンプリイッコが、簡単に抜け出せてしまうなら意味がない。

――たとえばですが心晴さんの匂いがするものとか、ケージに入る時に一緒に入れてあげたら、安心して落ち着かないでしょうか。

その時心晴の頭をよぎったのは、少しおっとりとした藍の声だった。

――心晴さんがお母さんの代わりではないですか。フンフンも家族の靴下とかを、寝床に持ち込んでお守りのようにしていたなと思いまして。

欲しかったのは、触れて安心できる家族のぬくもりか――？

犬と猫を同一視しすぎるのは、あまりいいことではない気がする。しかし今は、細かいことを言っている場合でもなかった。試せることは、なんでもやってみないと。

心晴は校舎を引き返し、校長室の戸を開けた。

「――ちょっと失礼します」

「鴫井先生」

部屋を調べていた富士野に断りを入れ、その場にしゃがみこむ。

あらためて低い目線で、室内を眺めてみた。

入ってすぐに目につくのは、重厚感のある両袖机。背もたれが高い革張りの椅子。中央には来客用の応接セット。ソファは校長と教頭が、それぞれ座布団を枕にして寝ている。

飾り棚には盾や優勝カップが並び、これらの目線より上の壁に、歴代校長の写真が飾ってある。

椅子の背後にある、金のフリンジ付きの大きな学校旗は、いかにもプンプリプイッコが遊び道具として好きそうだ。カーテンの陰もいい。

しかし安心できる場所と言えば――。

心晴はそのまま室内を低い姿勢でにじり歩き、両袖机の裏側に回った。

回転椅子の下、特になし。付属の引き出しが全部閉まっている。念のため調べてみるが、子猫が入り込めるような空間はない。

「鴨井先生。そこはもう全部調べて――」

「あ」

目を皿のようにして天板の下の暗がりを睨《にら》んでいたら、見つけた。

「い、いた――っ！」

声を聞きつけて殺到した同僚たちに、心晴は「これです」と、机の下に並べて置いてあった、紳士用サンダルを差し出した。

黒い革を編み込んで作った、踵《かかと》付きのサンダルである。蒸れ防止に、室内履きとして愛用している年配の教員も多いと聞く。

「どこに子猫が」

「見てください、つま先の方に詰まってます」

「あー！」

本当なのだ。背中の黒いブチを履き口に向けて丸まっているため、保護色となって周囲の色と一体化してしまっている。

サンダルを傾けてやると、ようやくころんと全身が出てきた。寝ているところを起こされて、プンプリプイッコは体をよじらせミャーと鳴いた。

特に怪我《けが》もなく、五体無事な姿に、自然と安堵《あんど》のため息、そして拍手や歓声があがった。心晴も心底ほっとした。

「おい。おまえな、みんな呼んでるんだから返事ぐらいしろよ」

「んなー」

「今さら遅いって」

ソファに倒れていた葦沢校長が、根室教頭と抱き合って、今度こそ号泣した。

「よかった。本当によかった。そんなに私の匂いがして安心したか。そうかそうか……」

「……いえ、たぶん……狭いところが好きなだけかと……」

そこは小声でも反論してしまった。

一応その可能性も考えて、個人の私物を重点的に捜したのは確かだが、飼い主を差し置いて上司のサンダルに安住してしまわれると複雑ではないか。

それとも何か。本当に校長の方がいいのかおまえは。そこまで薄情なのか。違うよなプンプリプイッコよ。

「にゃーん」

顎を撫《な》でると出てくるこの甘い声は、人の言葉に直せば『イエス』なのかもしれないし、『ノー』なのかもしれない。ここにいたるまでの世話と献身の具合を思って、つい正面から問い詰めたくなってしまうが、たぶん一番有力な答えを、心晴はすでに知っている気がするのだ。

（――どうでもいい）

ああ。これに決まりだ。他に何がある。

だって彼女は、プンプリプイッコは、こんなに小さくても立派な猫。

子猫様なのだから。

【三隅藍の場合】

あれから一つ話をするなら、藍は再び汰久と一緒に、心晴の家にお邪魔する機会があった。

ケージの中のプンプリプイッコは、訪問するたびにサイズ感が増す気がする。

「わあ、可愛《かわい》い。またちょっと大きくなりましたね」

「プー子ー。プー太郎ー。元気してるかー」

藍は聞き捨てならないと、汰久に注意をした。

「だめだよ、汰久ちゃん。名前はちゃんとプンプリプイッコって、略さないで呼んであげないと」

「えー、めんどくさ」

「めんどくさいとか言わないの。そういう名前なんだから」

「――いや、いいよ別にプー子で」

ペットケージを前に言い合いする藍たちの後ろを、心晴がそっと通り過ぎていく。

藍は思わず、そんな心晴を振り返ってしまった。

どうしたのだ。あれだけフルネームにこだわっていたのに。

「ちょっと色々あったんだよ」

「いろいろ……」

なんでも老若男女、十数人規模で適当な名前をバラバラに連呼し続けた結果、『プンプリプイッコ』では反応しなくなってしまったそうだ。

「試しに呼んでみようか。おーい、プンプリプイッコー」

ケージの中のブチ猫は、何事もなかったように結んだ靴下――恐らく心晴のものだろう――に、猫キックを入れて遊んでいる。

「プー子」

「なー」

「鳴いた！」

「ほらな」

心晴はやけくそなのか、いっそ愉快そうに笑っていた。

しかしせっかく必死に考えた名前を、そんな理由で変えなければならないとは理不尽である。付け直すにしても、自分で考えたかったろうに。

「ま、仕方ない。ままならないのが猫のいいところだ」

心晴のこういう鷹揚《おうよう》さは、時に羨ましくなる。

うまくいかないからこそ面白い。駄目だからこそ楽しい。そう心から思えたら、失敗するのも怖くなくなりそうだ。

「……なんか、好きです」

「え？」

「いえっ、あのっ、考え方がです。心が広くて羨ましいなって。私はいつも悪く考えすぎるので。もっと柔軟に考えろと注意されますし」

自然と出てしまった言葉を、取り繕うのは大変だった。

幸い心晴は、最初少し驚いていたようだが、藍の補足説明を聞いて素直に受け止めてくれたようだ。藍はほっとした。

（うん）

大丈夫だ大丈夫。この人はたとえ変なものでも、面白がってくれるはずだ。

「サンキュ。俺は藍ちゃんの考え方も素敵だと思うよ」

嬉《うれ》しいお世辞も貰《もら》ってしまった。

藍の口元がゆるむ。

「プー子ちゃんに、新しい玩具を作ってきたのですが」

「お。いつも悪いね。プー子ー、藍ちゃんから貢ぎ物だぞー」

かくしてあの日植え込みにいた子猫は、鴨井プンプリプイッコ、略してプー子となったのである。

ふたつめのお話　ジロさんと一緒

【林《はやし》ジロさんの場合】

ジロさんは雑種犬である。

大きさはだいたい柴犬《しばいぬ》を一回り大きくしたぐらいで、毛色は揚げ具合の足りないコロッケみたいなぼんやりベージュだ。ちょっとだけ毛足が長く、耳が片方垂れている。

ジロさんは林家にやってくる前、別の家で飼われていた。一番最初の家は記憶も曖昧だが、お母さん犬や兄弟たちと一緒に、ガレージの隅にある段ボール箱の中にいた。そこからジロさんだけ連れ出され、次のお家《うち》は郊外の一軒家だった。

飼い主は、人間としても高齢の夫婦だ。二人は家の中でよくテレビを見ていたけれど、ジロさんはいつも庭につながれていた。

『おい！』

その頃ジロさんはジロさんとは呼ばれず、『おい』とか、『ムダメシ』とか、『バカイヌ』などと呼ばれていた。それが彼らなりの冗談だったのか、あるいは本気だったのかは、今となっては闇の中だ。名無しの頃は体があちこち痒《かゆ》かったので、よく舐《な》めて毛も抜けていた。

庭先に置いた皿の中のドッグフードを、ジロさんが大食いで食べている間、庭全体を億劫《おっくう》そうに眺めていたのを覚えている。

そのうち体調を崩した夫婦の片方が亡くなって、残った一人も『施設に行く』という話になった。ごちゃごちゃと物が多かった家の中が、急ピッチで片付けられ、ジロさんはお外でぼんやりした五歳の犬になっていた。

ある日のことだ。ジロさんがいる庭に、知らない男の人がやってきた。

その人は鎖でつながれたジロさんの状態を一目見て、『なんだこれは』と顔をしかめた。そして、まだ家にいた当時の飼い主とかなり大喧嘩《げんか》をして、ジロさんを自分の車に押し込んだ。後から盛大に塩をまかれていたけれど、それ以来ジロさんは前の家には帰れていない。

『もう大丈夫。今日からおまえはうちの子だ』

何がどう大丈夫なのかは、わからないけれど。

とりあえず男の人にそう言われたので、ジロさんは林ジロさんとして、林家のお世話になっている。

「ジーロさん。朝だよ、散歩！」

——それからどうなったかと言えば。

新しい家での暮らしは、ジロさんには戸惑うことばかりだ。

寝る場所はなんと家の中で、以前は上がるなとこっぴどく怒られた場所で暮らせと言う。それでも畳やフローリングは足がむずむずして落ち着かないから、玄関の隅に厚い布を敷いてもらって、そこで寝起きをしている。

夏のうだるような暑さも、冬の底冷えも少ない生活は快適でありがたいけれど、起き抜けのこの『お散歩しよう』だけはどうにも苦手だ。

「ほら、立って。前脚あげて。違う違うこの穴に脚を入れるの。もう、違うってば」

散歩に使うベストタイプのハーネスは、うまく呼吸が合わないと脚が引っかかったり、関節が痛い方向に曲がったりする。一度キャンと鳴いたら、散歩係の娘さんは途方にくれた顔をした。今でもおっかなびっくりで、一発で支度ができたことがない。

最近は娘さんがリードとハーネスを持ってやってくるだけで、ジロさんの尻尾は股の間に収納されてしまうのである。

「そんな情けない顔しないでよ。トイレは外がいいんでしょ」

なんとか装着が終われば、リードをぐいぐい引っ張られながら、玄関を出る。

そして慣れた外の世界でも、やっぱりそこはジロさんが知っている世界ではないのだ。音をたてて走る車、カラフルな看板、照明、そしてまた車。目や耳に入ってくる刺激が多くて、落ち着かないと言ったらない。

以前の家は、庭から竹林と茶畑が広がって見えたけれど、ここに来てからそういうものはまったく見えないのだ。どこまで行っても地面はアスファルトで、林家と似たような家がぎっしりと建ち並び、すぐ側を鉄の箱がびゅんびゅん走っていく。

「待ってってジロさん。止まって。止まるんだってストップ！」

後ろからぐいとリードを引っ張られ、ジロさんは後ろ脚で立ち上がって精一杯怖いものを威嚇した。

「だめ！　そっちは車道！　吠《ほ》えないの！」

あれはなんなの。あっちも怖いよ。怪しいよ。

「あーあー、しつけ失敗だねこりゃ」

ジロさんたちの反対側を、自転車に乗った中年男性が、大笑いしながら走っていった。

「止まってジロさ……いたっ！」

娘さんの変な声に振り返ったら、彼女はハーネスのリードを握りしめたまま、歩道にへたり込んでいた。

ハーフパンツの膝から血が出ている。

興奮して動き回るジロさんのリードが、足に絡まってしまったようだ。

「……しつけ失敗って。そんなのわたしが一番知ってるっつの……」

ごめんなさい。

なぜかいつもこうなってしまうのだ。

ただ言い訳が許されるなら、ジロさんにはもともと散歩をする習慣がなかったのである。

前の家で飼われていた時は、庭の端まで行ける長さのリードを付けた状態で、朝から晩まで放っておかれていた。あののどかな茶畑と祠《ほこら》付きの竹林がセットで見える庭の景色が、ジロさんの行動範囲の全てだったのだ。

「ほんともう。どうして普通に真《ま》っ直《す》ぐ歩けないの。こんな大きくなって……落ち着かない子犬みたいなことしてるの、ジロさんだけだよ。恥ずかしすぎ」

立腹する娘さんには、服従の姿勢で謝ることしかできない。申し訳なさのあまり、ちょっとおしっこが漏れてしまった。

娘さんはため息交じりにこちらのトイレの始末をし、すりむいて赤くなった膝小僧をおさえて、また歩きだす。ジロさんはますます身の置き所がない思いだった。

(やっぱり私は……『バカイヌ』なんでしょうか)

おじいさんとおばあさんが言っていたように。

足を引きずりながら歩く娘さんの邪魔をしないよう、ゆっくりそろそろ歩いてみたけれど、今度はちゃんと進んでと叱られてしまった。

明日こそは失敗しないといいと思う。

どうかちゃんとやれますように。

どうか――。


【三隅《みすみ》藍《あい》の場合】


秋の気配が一段と深まり、日中に比べ朝晩の冷え込みも増してくる今日この頃。

藍は散歩帰りの『Café BOW』で、こっそりと秘密の想いを打ち明けていた。

「……最近、気になる人がいるんですよね」

頬に両手をあて、まるで恋の告白のようである。

ここ『Café BOW』は、藍の自宅から少し足をのばした川口西公園《かわぐちにし》にほど近い場所にあるカフェである。店の内装はシックで落ち着いており、ウッドデッキのオープン席にはリードフックもあって、客も犬同伴ＯＫのありがたい場だ。

今も藍の足下では、藍の飼い犬フンフンと、看板犬のバセットハウンド『ヨーダ』が、仲良く並んで屋外式ヒーターにあたっている。二匹とも同じ胴長短足犬だが、犬種的にはヨーダの方が大きいので、上から見るとカタカナの『リ』の字にそっくりだ。

藍の告白に対する鴨井《かもい》心晴《こはる》の反応は、二十五歳の年長者らしく落ち着いたものだった。

「へえ……それはいいね」

ただし彼が朝食として頼んだＢＬＴサンドの、付け合わせのポテトが指の間から落ち、コーヒーの中に落下した。

「どんな人なの」

「予備校で同じクラスを取っていて」

「同い年かな」

「だいたい最前か二列目ぐらいの席にいて、黒板見る時の眉がきりっとして、制服の着こなしがきちんとして格好良くて」

心晴は自分のこめかみと眉間を揉《も》んだ後、おもむろにジャケットの裾を引っ張りだした。

「でも中身はけっこううっかりな人らしくて、たまにお弁当やパンを忘れてお腹《なか》が鳴る音が聞こえてくるんですよ。顔は例によってものすごく涼しげなのですけど」

「ギャップ萌《も》えか。あざといな」

「そうギャップなのです心晴さん。顔はクール系の美人さんぽいのに、膝小僧によく絆創《ばんそう》膏《こう》が貼ってあるところとか、そこだけなんだか小学生みたいで」

「――ん？」

心晴が片眉を跳ね上げた。

「ちょっと待って。膝に絆創膏って……もしかしてミニスカ？　女子高生？」

「はい、そうですが」

藍としては、しごく当然な事実なのでうなずいたが、心晴は頭からがっくりうなだれてしまった。

「なんだ女子かよ……紛らわしい……」

「申し訳ありません、言ったつもりだったのですが」

「いやいいよ別に。ちょっとびっくりしただけだから……あれ、なんだこれ。コーヒーにポテトが入ってる」

さっき、自分で落としたものではないだろうか。まるで初めて気づいたように目を丸くしている。

「淹れ直しましょうか」

店主の加瀬《かせ》が、横から声をかけてきた。年の頃は三十過ぎで、人により好みはあるだろうが、インド映画で主演をはっていそうな男前である。ただし歌って踊るのは大の苦手とも以前言っていた。

「いえいえ、まったく問題ないです。加瀬さんのモーニングは、いつも絶品なんで」

「はあ……」

「今日も最高です」

心晴は対照的に、純和風であっさり整った顔だちだと思う。加えて大学生に見えそうな童顔の持ち主だ。今は明らかに油が浮いているモカマンダリンを、おいしそうに味わって飲んでいる。

「でも確かに、聞くかぎり面白そうな子だね。藍ちゃんは、その子と友達になりたいのか」

「どうなのでしょう……受験生なのに」

「こういう時に受験は関係ないだろ」

心晴はくしゃっと、その童顔をほころばせて笑った。

一緒に藍が頼んだホットココアも、湯気をたててテーブルにやってきた。

泡立てたホイップが載ったウインナーココア。クリームがあるぶん、市販のものより少し甘さ控えめなのも嬉《うれ》しい。

（いい匂い）

そしていい時間だと思う。

暦が十一月に入って、紅葉が進み気温は下がる一方だが、この犬との散歩の後に共有するお茶の時間は、不思議とぽかぽかして寒くないのだ。それはお店に頼んだドリンクの温度のせいでは決してないと、藍は思っている。

別れ際、ポタリング用の小径自転車《ミニベロ》を押しながら、心晴が言った。

「それじゃ藍ちゃん、がんばってその美人の子ナンパしな」

「な」

なんという破廉恥な台詞《せりふ》を。

「こ、心晴さんは先生なのですから、あまり不用意な言葉を使わない方が」

「あはは。この程度は全然問題なし。それぐらいの気持ちで行っていいってことだよ。じゃあね」

心晴は笑いながらサドルにまたがり、藍とは逆の、駅の東口方面に向かって走っていった。

「行っちゃったよ、フンフン……」

──確かに自分は、堅物の真面目人間と言われているが……。

まさか教師にナンパをけしかけられるとは思わなかった。藍はフンフンのリードを握ったまま、目を白黒させるしかないのだった。

藍が高二から通っている受験予備校は、ＪＲ川口駅から電車で十分少々、浦和《うらわ》駅の前にあった。これは高校の最寄り駅でもあり、平日に予備校がある日は、学校から制服のまま直行していた。

そして藍が気になっているギャップ萌えの彼女には、予備校のラウンジで出会った。

（──あ）

いた。あの子だ。

ラウンジは教室や自習室と違って、私語や飲食が許されているスペースだ。授業が始まる前や休憩時間に食事をしたい場合は、このラウンジを使うことが推奨されているし、人の声がする方が落ち着くと、あえて勉強道具を持ち込む人もいた。藍は来る前にコンビニで買った軽食を、カウンター席で広げようとしているところだった。

制服というのは校則ありきで、第一ボタンを開けるか否かや、リボンやネクタイの緩め具合など、規則に違反しないレベルで些細《ささい》な違いを出すものだが、他校のブレザーを着た彼女の場合は、どちらかというと藍と一緒で『全部守る派』だ。結べる程度のセミロングの髪、透明な爪やリップ、その選択が一番自分に似合うと思ってやっているらしい雰囲気が、自信のない藍とは大きく違う点だった。

きっと『最前の方が先生の話が聞きやすいだけ。予備校に勉強しにきて何が悪いの』とか言うに違いない。

ラウンジに一人で入ってきた彼女は、耳に白いワイヤレスイヤホンをつけたまま、藍がいるカウンター席の三つ隣に鞄《かばん》を置いた。

(今日も膝にキャラ物の絆創膏)

スポーツか武道でもやっているのだろうか。あまり鍛えている雰囲気でもないのだが。

そういうことをあれこれ考えてしまうから、この不思議な執着はなんなのだという話になる。

サブバッグのファスナーを開け、無造作に中のものを取りだそうとし——そこから急に彼女の動きが激しくなる。がさごそ、がさごそ、それこそ中にあるものを、一つ残らず引っかき回して移動させているのかと思うレベルだ。

そして、『ぱあん！』と己の額を叩《たた》いてから言った。

「またやってもーた……」

確かに言った。ちゃんとこの耳で聞いた。

藍は昔から転校続きで、通知表の積極性の欄はいつもペケで、人に声をかけるのもかけられるのも、考えすぎて身動きが取れなくなるタイプだ。

しかし藍も、いつまでも同じ場所にいるわけではないのだ。ただ見ているだけでは後悔しかないと、今は実感として知っている。

心晴にも応援してもらった。きっとやれるはずだ。

いざ、ナンパだ！

「あーもー……こういう時にかぎって定期しかないし。コンビニも行けない……」

「あの……」

藍は、思い切って彼女に声をかけた。

当人がこちらを向いた。両手で両耳のイヤホンを外した。

「良かったら、これ食べ……ます？」

「……え?」

「私がおやつに買った、お煎餅の余りなんですけど。帰ってからちゃんと食べるにしても、今ちょっとお腹に入れておくと、集中度が全然違うと思うの」

「ええ?」

「あ、もしかして勘違い? またお弁当忘れちゃったのかと思って。違ったのならごめんなさい。すみません」

喋《しゃべ》りながら、顔が一気に熱くなる。いったんは差し出した個包装の胡麻《ごま》煎餅を、また元の袋にしまおうとしたら、我に返ったらしい彼女に「ちょっと待って! ストップ!」と止められた。

——良かった。忘れたであっていたらしい。


「考えてみたら、煎餅ってお米だもんね。醬油《しょうゆ》と米。めちゃくちゃ焼きお握り」

藍から煎餅を受け取った彼女は、林真菜《まな》と名乗った。あらためて真菜とラウンジのテーブル席に移動した。

「予備校ある日は、昼と夜でお弁当二つ持ってくんだけどさ、まんまと一個置いてきちゃったわけ」

「そういうこともあるよね」

自分はコンビニのパンを食べながら、藍はうなずいた。日によって家からお弁当を持参する時もあるが、夏場で食べ物が傷みやすい時季や、里子《さとこ》に余裕がない時は大抵現地調達だ。

「にしてもおやつが胡麻煎って、三隅さん渋すぎ」

「友達がクッキーだったから、しょっぱいの用意したの」

「交換用か。おかげでわたしが助かってるんだけどさ」

想像していたよりも、くだけた喋り方をする子だ。もっと超然としているかと思った。

そして彼女の場合、堅焼き煎餅は、いったん袋の中でばりばりに砕いてから、破片を一個一個食べる派らしい。これは藍も同じで少し嬉しかった。

「というか三隅さん、さっき『また』って言ったよね。なんで初めてじゃないの知ってるの!?」

「……えっとそれは……」

思わず目が泳ぐ。

藍も真菜ほどではないが、教室ではフロントエリアにいるタイプで、だいたい斜め後ろあたりの席にいると、よくお腹が鳴る音が聞こえるんですと、本人に伝えていいものだろうか。そのせいで気になって仕方なかったんですとなれば、絶対に誤解を招くだろう。

「それは、ほら、林さんが格好良くて目立つから……」

「やだもう。全然嬉しくない。すんごい赤っ恥じゃないの……」

それからは、お互い煎餅とパンでお腹《なか》を満たしながら、たわいない雑談という名の自己紹介もした。

真菜はここさいたま市内に住んでおり、小学生の時に中学受験をして、私立の美園《みその》学院に入ったという。今は特進科の三年という話だった。

(美園学院……)

なんだろう。ごく最近、この校名をどこかで聞いたような記憶がある。かなり身近な場所だった気がするが、すぐには思い出せなかった。

まあ別にいいかと思った。すっきりしないのは性分として気に掛かるが、この会話にも、今後の勉強にも差し支えはなさそうだ。時間がある時にでも検索すればいい。

「美園学院って、どういう学校?」

「んー、サッカー場の近くで、一部の部活は盛んだけど、あとはザ・進学校って感じかな。校則はけっこうガチガチ。特進コースに選ばれると部活やる暇もなくなるけど、ずっと帰宅部も嫌だから文化系のそんなに厳しくないとこにいたよ。周りはそういう感じの子がけっこう多かった」

真菜が入っていたのは生物部で、顧問の先生が面白い人だったらしい。

「私はそういうのないけど、帰宅部だった……」

「三隅さんは、ずっと公立？」

「うん、親が転勤続きだったから……中三でやっとこっちに来て、転校はなしになったの」

「それはそれで大変だ」

「でも約束だった犬も飼えたから」

藍が笑うと、真菜は一瞬だけ真顔になった。

すぐに目を細めて微笑し、頬杖《ほおづえ》をついたまま尋ねてきた。

「……へえ。どんな犬？」

「ミニチュア・ダックスフント。チョコレート＆タンっていう、眉毛のところにお公家《くげ》様みたいな模様がある、麻呂眉の子。名前はフンフン」

乞われるままに、鍵アカウントでやっているSNSも見せてあげた。そこに一番多く写真が載っていたからだ。

「フンフンか……いいな。わたしもこういうダックス飼いたかったな」

「いいよね、ダックスフント。お茶目だし、垂れ耳でちょこちょこ動くところとか」

「というかもう、普通にペットショップで売ってる普通の子犬なら、なんでもいいかも」

投げやり。あるいは自暴自棄。

真菜がこぼした台詞《せりふ》は、努めて鈍感なふりをしようとしても、棘《とげ》がありすぎた。藍は正面から真菜を見つめてしまった。

「なんでそんなこと思うの……？」

「なんでも何も」

彼女は皮肉たっぷりに笑う。

「わたし、こう見えてずっとイヌ大好きな人間でさ。さかのぼれば幼稚園児の頃から、飼いたい飼いたいお願いしますって親に頼んできたわけよ。テストでいい点取ったら飼ってくれるかなって思って、ガリ勉して百点取ったりして。ピアノの練習も、絶対に休まなかった。だいたい実現しないんだけど」

わかる。私も小さい時はそうだった。

「おかげで自主勉する癖だけはついたけど、わたしもいい加減学習するから、ようはうちの親はやる気がないし、飼えない家なんだって、そうやって自分を納得させてきたのよ。

なのに、急にうちのチチオヤが──」

真菜はそこで言葉を詰まらせ、食べ終わった煎餅の袋を握りしめた。

「この段階になってあのひと、親戚の家から知らない犬を引き取ってきたの。なんか飼育放棄とかされてたらしくて。『うちで面倒みるぞ』とか、ほんと簡単に言ってくれちゃって。五歳。ガリガリの雑種犬」

「それは……たぶん、そのワンちゃんにとっては、ありがたいことだったと思う……感謝してるよきっと……」

「どうなんだろう。痩せてるのと毛が抜けるのは、病院で虫下しの薬飲ませたら治ったんだけどね。ずっと繋《つな》ぎっぱなしだったか何か知らないけど、家の中に入れるとカチンコチンに固まるから玄関で寝てるし、散歩もしたことないからリードが絡まってばっかりだし、平気で吠《ほ》えかかって車道に飛び出そうとするの。わたし止めるだけで毎日傷だらけ」

彼女のすらりとした脚や腕には、よく絆創膏《ばんそうこう》が貼ってあった。今も右の膝小僧に、真新しい絆創膏が一枚。

あれは──武道でもスポーツでもない。家に来た保護犬のために、毎日奮闘している証《あかし》だったのか。

「だいたいさ、ジロさんてばもう五歳なわけよ。せめて一から躾《しつ》けられる子犬だったらって、思っちゃいけない？　こっちはいつか飼う犬の犬種とか、毛の色とか名前とか、ずっと想像してきたのに」

駄目だなんて、誰が言えるだろう。少なくとも、藍には言えない。

「あの子がいるなら、わたしもう夢も見られない……」

「林さん……」

ため息交じりにこぼしていた真菜は、そこから一転して笑顔になった。

「うん、ごめんね。これってば完全に八つ当たりの愚痴だね」

「そんな私」

「お煎餅、助かった。どうもありがとうね、三隅さん」

むりやり吹っ切った感じのお礼が、逆に拒絶を強く感じさせた。きっとこれ以上触れてほしくないのだ。

真菜はその場でてきぱきと自分の荷物をまとめ、ラウンジを出ていった。

藍はまだその場を動けなかった。

――仲良くできると思ったのに――。

(失敗した)

何がいけなかった？

藍にフンフンがいたからだろうか。そんな理不尽で馬鹿な理由があるものかと思うけれど、それ以外に思いつかない。

情けないことにその日はずっと引きずったし、講師の話も上の空だった。後で調べようと思った学校名の出所を、確かめることももちろんなかった。それが後々影響することになるとは、夢にも思わなかったのだ——。

【林真菜の場合】

『わんちゃんとくらせますように』

幼稚園の七夕飾りに、覚えたばかりのひらがなで短冊を書いた。確か五歳だった。実に無邪気でストレートだった。

当時好きだった絵本は、わんぱくなブチ犬が出てくる『どろんこハリー』。長距離ドライブ用のＤＶＤデッキに、『ウォレスとグルミット』と『わんわん物語』は常に一軍でセットされていた。

真菜なりに自己分析するが、小さい頃は賢くて可愛《かわい》い、理想の相棒に憧れていたのだ。もう少し大きくなってからは、手入れの行き届いた愛玩犬もいいと思っていた。

（チワワとかダックスフントね）

手すさびに夢想する、飼い犬計画。毛並みはスムースよりはロングがいいので、膝に乗せて毎日ブラシをかけて、寝る時は一緒に寝るのだ。小型犬でも運動は大事なので、まめに公園へ散歩に行き、雨の日は室内ドッグランで他のワンコと遊んだりする。あくまで息の長い妄想計画ではあったが、この家にいる限りは無理とも思っていた。少なくとも、三ヶ月前までは。

「ただいま――」

予備校の最後の授業が終わって家に帰ると、だいたい十一時近くになる。家の中にいくつか明かりはついているけれど、ご近所は静まり返って、なんとなく音をたてるのも憚《はばか》られる時間帯だ。

真菜が入って最初に見るのは、玄関土間の隅に、古ぼけたバスマットと一緒に丸まっている『ジロさん』だ。

（貧乏くさ）

何もこんな、硬くて冷たい場所で寝ることはないのに。

土間に敷いたバスマットがしわくちゃで、体全体が収まりきらず、こちらがいじめでもしているような気分になってくる。実際はそんなことはなくてもだ。

ジロさんは、この三ヶ月前に貰《もら》われてきた雑種犬は、今のところ何も欲しがらない。リビングに用意した温かい寝床も、音が鳴る玩具も、ボールも服も何もかもだ。

ラウンジで会った浦和中央の女子――確か名前は三隅藍と言ったか――が、無邪気に見せてくれたSNSの写真を思い出して、ちくりと胸が痛んだ。

きっとあの血統書付きのダックスフントは、こんなに寒々しくて窮屈な、玄関から一歩も出ない生活はしていないだろう。外に出るなり興奮して、ジグザグに走りだしたりもしないだろう。女の子らしい飼い主の部屋で、可愛い水玉模様のベッドで、安心しきってお腹を見せていたのだから。

（いいな）

上目遣いにこちらを見るジロさんを刺激しないよう、真菜は急いで靴を脱いであがった。

リビングには、風呂上がりの父親がいた。

林和彦《かずひこ》。寝間着姿でソファに座り、テレビのニュースを見ている。大手企業の部長様で、自分の価値観が絶対の人だ。この状況を生み出した張本人である。

ジロさんを親戚の家から引き取ってきた時だって、こちらにはなんの相談もなかった。

「今帰ったのか、真菜は」

「そうだよいいけない？」

「お弁当忘れていったんだって？　ママが怒ってたぞ」

「知ってるから。今ちゃんと食べる」

いらだちを隠さず、キッチンに行って冷蔵庫を開けた。

「残っているわけないだろう。夕飯の時に捨てていたよ」

「――むっかつく……」

結果として空振りになった冷蔵庫から、目についたプリンだけ取り出して、カレースプーンで立ち食いをした。非常に体に悪いことをしている自覚はあった。

プリンを頬張っていると、ニュースを伝えるキャスターの四角い顔と、和彦の薄い後頭部が嫌でも目に入る。

「ねえ」

真菜は、和彦に呼びかけた。

「ジロさんさ、やっぱりバスマットだけってまずくない？　ほとんど体はみ出てるんだけど」

「他は気に入らなかったんだから、あれでいいんだろう」

テレビを見たまま、にべもない返事をされる。

そんなことはわかっているのだ。せっかく買ってあげたクレートやベッドに目もくれず、その横にわざわざ丸くなって寝るような犬なのだから。

ただその拒絶や孤独が、真菜には悲しく映るだけだ。

「……わたし、飼うならミニチュア・ダックスフントかチワワが良かったんだよね」

和彦が、こちらを振り返った。浅はかな娘を批難する目だった。

「おまえの言う『犬が飼いたい』は、ペットショップの血統書付き限定か。ジロさんだって立派な犬だろう」

「でもあの子、全然こっちの言うことときかないじゃない」

「生き物を飼うのが、簡単なはずないだろう。もっと根気強くつきあえば、いつか心を開いてくれるさ」

「……くせに」

「なんだって？」

「自分じゃぜんぜん世話しないくせに」

ふだんなら我慢できていたことが、今はどうにもならなかった。きっとここまで空腹できたからだ。そうじゃなければ、受験生特有のストレスとか、専門家なら訳知り顔に分類できるやつ。

父は可哀想《かわいそう》な犬を連れて来ただけで、日常の世話は全て真菜たちに一任された。理由は仕事が忙しいから。母はしつけのなっていないジロさんと三日付き合っただけで、「この子に普通の飼い方は無理よ」と白旗をあげた。諦めずに運動とトイレを習慣づけようとしているのは、真菜だけだ。

理想があったから。夢があったから。

いっそ諦められればよかったのだ。その気持ちすら父に利用されているのかと思うと、腹立たしくてならなかった。

(毎朝起きて)

(嫌がってる子にリード付けて連れ出して)

(ワンワン吠えて)

(笑われて)

今はただ、独善的で分からず屋の父のことが大嫌いだった。

「わたしの考えがケーハクだって言うなら、お父さんはその逆でしょ。保護犬引き取ったって、周りに意識高い自慢したいだけ」

「真菜!」

「なんで今なの? ねえ!」

和彦が眉をつり上げる。真菜も負けずに睨み返す。

でも——真菜たちの位置から見えるリビングの入り口に、ぼんやりしたベージュ色の毛が見えた。

片方だけ折れた耳。キツネのような細いマズル。何かを無言で訴える——黒い黒い瞳。

和彦が、外向けの柔和な顔になり、現れたジロさんに話しかける。

「どうした？　お腹《なか》でも減ったか？　おいで」

ジロさんは、和彦の猫なで声と手招きを無視し、玄関へ引き返していった。脚の爪がフローリングにあたるカチャカチャとした足音が、しだいに遠ざかって聞こえなくなる。

そう。どうせあの子は、こちらの言うことなんて聞かないのだ。きっと今の会話だって、意味なんてわからない。半ば確信しながらも、何もこのタイミングでなくてもいいのにと思わずにはいられなかった。

（ほんとなんでなの）

いつもフローリングや畳の感触を嫌がって、めったに真菜たちのいる場所には近づこうとしないのに。そのくせいざ家から一歩外に出ると、我を忘れたように興奮して人を振り回す。

この家は、ジロさんが前に住んでいたという田舎の家ほど広い庭がないから、以前と同じ飼い方をしようとしても無理なのだ。だからどうしても、部屋の中にいることに慣れてほしいし、リードとハーネスで出歩けるようになってほしいのに。

「……自分でも、言いすぎたのはわかるだろう。後でジロさんに謝っておきなさい」

和彦がこちらの顔も見ず、咳払《せきばら》いを一つしてソファに座り直した。

真菜は手の甲で目尻の涙を乱暴にぬぐい、空のプリンカップとスプーンをシンクに置いた。

謝るって何？

ごめんなさいを言うなら、むしろ小さな頃の自分に対してだ。夢の生活は、いざ始まってみれば、何一つ思い通りになどならないのだから。


【三隅藍の場合】


「あっ、見て。かわいー。子猫！」

「ワンコもいるよ」

藍が学校から帰る時、駅の近くや公園で、保護犬や保護猫の譲渡会が開かれているのを見かけることがある。

ケージの中には、ころころの子犬やふわふわの子猫。時には成犬や成猫も混じっていたりする。その愛らしさに目を惹《ひ》かれ、通行人が足を止める。場合によっては、その場で譲渡が決まることもあるだろう。

「ああいうのって、ボランティアの人がやってるんだよね」

「大変だー」

藍はできた人だかりの後ろを、いつもあまり目を合わせないよう通り過ぎていた。犬を飼えなかった時も、幸いにして飼えた後も。引き取れないのに、欲しくなってしまっては大変だからだ。


今から三年前、念願のフンフンをお迎えした時も、藍は灰色の受験生だった。

これで最後だという引っ越し、いつだって緊張する新しい学校、そして埼玉方式の受験勉強と並行して、かねてからの約束だった子犬を両親と買いにいった。場所は、引っ越し先の近くにあった、ショッピングセンター内のペットショップだ。

ショーウィンドウの中では、生後二ヶ月から三ヶ月ほどの子犬が、値札と一緒に展示されていた。思えばそれより大きくなった犬も、犬種が明示できない雑種も、店にはいなかった。

フンフンは噛《か》み合《あ》わせに少し難があるという話で、同じ月齢の子犬の中でも、やや値引きされて展示されていた。両親などは、それを理由に他の子にしようと言ったけれど、藍の気持ちは違った。たった一匹だけ隔離されたサークルの中で、音が鳴る玩具をプイプイ鳴らしていたフンフンを、一目見て気に入ってしまったのだ。

『絶対この子がいい』

拝み倒して買ってもらった。

(嬉《うれ》しかった)

お会計が終わると、ハウスの形をした可愛《かわい》い段ボール箱に移され、その箱ごと膝にのせ、ちょっとでも振動が伝わらないかドキドキしながら、自家用車に揺られて家に帰った。

あの時の音の出る玩具は、ショップのサービスで一緒に箱に入れてもらい、しばらくはフンフンもその玩具で遊んでいたけれど、生後半年になる頃には遊びすぎて壊してしまった。

動物愛護センターや、犬猫のシェルターから、保護犬を引き取るという選択肢があること自体は、藍も知っていた。でも、両親も藍も、子犬を迎える時にそこに行こうとは言い出さなかった。なぜ？　きっと一度も生き物を育てたこともない人間が手を出すには、ハードルが高いと思っていたのだ。前にどんな人が飼っていたかわからない、なんの保証も裏付けもないと理由をつけて。

今なら不思議に思う。なんでショップの子犬なら安心だと思ったのだろう――。

「――アイ―？」

汰久《たく》に呼びかけられ、藍ははっと我に返った。

「どーかした？　腹でも痛いの？」

「う、ううん……」

朝方の公園は、藍たちのような犬の散歩組と、自分自身を散歩させているウォーキング組、ジョギングやヨガをする人など、思い思いに場を利用している人たちが沢山いた。

（……汰久ちゃんは、バーニーズのブリーダーさんのところで、カイザーを譲ってもらったって言ってたな）

田中《たなか》さんのところの柴犬《しばいぬ》は、動物病院経由の譲渡のはず。加藤《かとう》さんのトイプードルは、藍と同じ店でお迎えしたと言っていた。そうやって気がつけば公園内で目につく知り合いの、犬の入手経路と経歴を追ってしまいそうになる自分がいる。そんなこと、したってなんの意味もないのに。

自分がリードを握るフンフンは、上の空で棒立ちしていた藍と目が合い、早く行こうと足踏みを繰り返した。

「わん!」

「……ごめんね、フンフン。私そろそろ行くね」

汰久はまだ居残って、カイザーのストレス解消につきあうようだ。

本当に、フンフンに謝らなければならないと思った。この果てしなく後ろ向きな考え方は、突き詰めれば目の前にいる彼の、存在自体を否定しかねないものだ。

「じゃあなー」

(しっかりしなきゃ)

藍はフンフンに会えて幸せだし、いつも返しきれないほどの喜びを貰《もら》っている。ペットショップのサークル越しに目が合った時から、この歩道にたまった落ち葉をまき散らして遊ぶ子が可愛くてたまらないとずっと思ってきたのだ。

なのにふとした拍子に真菜の言葉が引っかかって、もやもやしてしまうのをやめられない。どうしてだろう。

散歩から家に戻る途中、藍の目に入ったのは、開店直後の『Café BOW』だ。

ウッドデッキのオープン席に、鴨井心晴がいた。定位置に座る彼は、近くに折り畳みの自転車を駐め、ごく真面目な顔でスマホをいじっている。

藍が思い切って声をかけると、心晴が気づいて顔を上げた。

「おはようございます、心晴さん」

「や、おはよう」

「今ちょっと、お時間よろしいですか」

「……駄目って言ったことないだろ。おいでよ」

藍はこの、ちょっとくしゃっとタレ目がなくなる感じの笑い方が、とても好きだ。藍のような人間でも、受け入れてくれる気がするから甘えてしまう。

フンフンと一緒に、勧められた席に腰掛けた。

「朝ご飯は？」

「まだです。帰ってから食べようと思って」

「じゃあここでもいいよね。一緒に注文しちゃうよ。加瀬《かせ》さん！」

心晴はやってきた店主に、手早く二人前を注文してしまう。遠慮する暇もない。

「なんとね、今日の日替わりモーニングはパンケーキらしいよ。ここでサンドイッチ以外が出るの珍しいんだよ」

「……心晴さんがおっしゃるなら、本当に珍しいのでしょうね」

「そうそう。絶対うまい気がするし、疲れた時は甘い物だ」

何より自分自身が楽しみたいからだという、こういう人の負担を軽くする言い方がうまいのも、見習いたいと思う。

「……私、疲れて見えますか？」

「いや、犬の散歩ってのも、一応運動だろ？」

そういう意味か。変に過敏になって、心晴まで勘ぐってしまった。

「何？　別の意味で疲れるようなことがあった？」

「いいえ、そういうわけでは」

藍はとっさに否定する。

しばらくして出てきたプレートは、分厚いパンケーキにたっぷりのカットフルーツ、そしてメイプルシロップがついてきた。

確かに『Café BOW』のモーニングにしては、珍しいスイーツ感だ。落ち込み気味だった藍ですら、無条件で心が浮き立ってしまった。

犬のフンフンには、専用の器でお水を入れてもらう。

「加瀬さん。今日のコーヒーって、なんでしたっけ」

「コナコーヒーですよ」

「そうか。あんまり苦くないから、藍ちゃんも飲みやすいと思うよ」

朝からこんなに入るだろうかと思ったが、一口目のパンケーキの口当たりは、泡立てたメレンゲのおかげか、ふわふわと柔らかかった。一緒にいただくフルーツも甘酸っぱく新鮮で、どんどん食べられてしまうから恐ろしいぐらいだ。

「うまい？」

「はい」

心晴が目を細めた。

「昨日さあ、仕事が休みだったから、『きたむら動物病院』に行ってきたんだよ」

「え……プー子ちゃん、どこか悪いんですか」

「違う違う。生後二ヶ月たったから、ワクチン打ちに行ってきたんだ」

猫がかかると怖い感染症を防ぐ、三種混合ワクチンらしい。

「ああ、そうですよね。猫ちゃんにも予防接種は必要ですよね……」

「母猫から貰った免疫が切れてくる頃だからね」

心晴いわく、生まれて二ヶ月のこの時期に一回打って、間隔を空けてもう一回打てば、あとは年一回の接種ですむのだという。

「フンフンの時は、確か三種混合で四回接種と言われました……」

「え、そんなにやるの」

「はい。あと、狂犬病の予防接種もしました」

藍は三年前の記憶を遡る。

家に来てからまず動物病院で二回打ち、それから少し間隔を空けて、三回目を打ってもらった。そして四回目——。

（……あれ？）

指折り数えていくうちに、藍ははたと違和感を覚えた。

（四回目の注射って、混合ワクチンじゃなくて、狂犬病予防接種じゃなかった？）

任意の混合ワクチンと違って、こちらは法令で義務づけられているものだ。混合ワクチンとは別口で打ったはず。

そうなると、この後にあらためて四回目の混合ワクチン接種をしたのだと思うが、その記憶がまったくない。どんなに考えてもない。

「どうしたの藍ちゃん。急に難しい顔して」

「すみません……ちょっと、計算が合わなくて」

「ええ？」

「もしかしたら、ワクチン一回忘れてるかも……」

「本当に？」

「そんなわけはないと思うんですが……」

「だよね、藍ちゃんに限って」

いったい自分は、いつどこで四回目を打った？

あらためて病院に行った記憶をたどってみるが、間にノミ・ダニの予防や去勢手術での受診も混じり、一年目はとにかく慌ただしかった印象が強い。もし忙しさに紛れて打ち忘れていたなら、大変だ。予防効果が完全ではなかった可能性がある。

「ペットショップとかだと、あらかじめ一回目を済ませてくれるところもあるんじゃないの」

「──あ」

かなり焦って指折り数えていた藍だが、その言葉で拍子抜けしてしまった。

「……そうです心晴さん。たぶんそれです」

「ああ、やっぱり」

なんだ、そんなことかと思う。

フンフンが家に来たのは、お店の子犬の中でも遅い方だったから、生後二ヶ月の予防接種が、打てるわけがないのだ。

た。

「よかったあ……」

ほっとした一方、またここでもペットショップなのかと、皮肉な気持ちになってしまっ
「心晴さん。申し訳ありません。私、さきほど嘘《うそ》をつきました」

「ん、何？」

「疲れていないなどと言いましたが、やっぱり疲れているのだと思います。小さなことに、ずっと引っかかっているんです」

頭を下げてまた戻すと、心晴もいぶかしげな顔になっていた。

「……どういうこと？」

藍は予備校であった出来事を、簡単に話した。

気になっていた彼女を『ナンパ』したこと。でも、対応を間違えてうまくいかなかったこと。原因は、お互いが飼っている犬にあるかもしれないこと。

「フンフンを、小さい時にペットショップからお迎えしたことを、後悔はしていないんです。ただ、引き取った保護犬と仲良くなるのに苦労している彼女に、私は何も言えなかったんです。私は……そうなるのが怖くてその道は選ばなかった、甘ちゃんなんですよ
……」

突き詰めれば、今ある感情はそういうことなのだと思う。

あえて見えていた選択肢を無視した。リスクを取ろうとしなかった。

罪悪感があって後ろめたいのだ。

「彼女が大変なのは、大変な犬を引き取った以上仕方がないことだなんて、そんなことは言いたくないんです。今私がフンフンと一緒に楽しんでいることは、どんな犬ともできることだって思いたい。でも、心晴さんも言っていましたよね。社会化期に、どれだけ慣れるかが大事だって」

「確かに言ったね……」

キャロルやプー子も、いわば捨てられていたところを拾った保護猫だ。でも、どちらも物心つく前の子猫だった。そして藍のイメージではあるが、犬は猫よりも複雑なしつけが要求されるように思う。

「ずっと外に繋《つな》がれて育って、散歩も何も知らないで、そのまま成犬になってしまったら、もう軌道修正はできないのでしょうか。新しい家族とでかけたりとか、仲良くなるのは無理なのでしょうか」

林真菜の夢は、ジロさんがいるかぎり叶《かな》わないのか。

待っていてもなかなか心晴の返事がないのは、きっと微妙な話題すぎて戸惑っているのだろうと思った。こんな朝早くからする質問ではなかったのだ。

「すみません。あの、変なことを聞きました」

「……いや、ごめん。意外と似た話は転がってるものだって感心してさ」

「え？」

「こっちの話。忘れていいよ。でもそうだな……」

普段は人好きする目を伏せ、心晴は一段と深く考え込んでみせた。

「俺はさ、藍ちゃんに叱られるぐらい、結構適当なことを言う人間だけど、こういう時にごまかしていいわけじゃないことはわかるよ。犬に関してはまるっきり素人だし、今の君の疑問にはちゃんと答えられない。ごめん」

単に『わからない』という回答でも、ここまで誠意を尽くして話せる人はそういないだろう。しかもこんな年下の女子高生に。

「あ、謝ることなんて」

「だからまあ——ここはもうちょっと詳しい人に意見を聞いてみようよ。たとえばそこの加瀬さんとかさ。ねえ？」

心晴はちょうどお冷やを替えにきた店主を、意味ありげに見上げた。

加瀬はこうして犬歓迎のカフェを経営し、自分でもバセットハウンドを看板犬として飼っている人である。

「……私が何か？」

「確かヨーダは、けっこう大きくなってから店に来たって言ってましたよね。二歳ぐらいでしたっけ」

「ええ。もとは妹夫婦のところにいたんです。海外転勤で飼えなくなって、うちに」

「慣れるまで大変でしたか？」

「まあ、まったく面識がないわけじゃなかったですし……ヨーダはもともと聞き分けのいい奴なんで、助かってますよ」

藍には初耳の話だった。

今も我が物顔で屋外式ヒーターにあたるヨーダは、そんな過去を感じさせないほど、加瀬とこの店に馴染《なじ》んで貫禄《かんろく》を出している。

「じゃあ加瀬さん。ここからが本題なんですけど、ヨーダと違って社会化があんまりされていない成犬を引き取った場合、しつけのし直しってどこまで可能だと思います？」

「また難しいところをついてきますね……」

「このコーヒーお代わりしますんで。お願いします！」

明るく笑って拝む心晴に、加瀬は嘆息した。

「そうですね……もちろん個体差っていうのはあるとは思いますが、私は基本どんな犬でも、やり直しは可能だと信じていますよ」

「新しい飼い主と、新しい絆《きずな》が作れますかね」

「ええ……鴨井さん、たとえばですけど。犬とオオカミを分ける大きな違いって、なんだと思います？」

加瀬は空いていた椅子に腰をおろすと、逆に質問してきた。

「犬とオオカミですか？」

「はい。オオカミが犬の祖先だって言うじゃないですか」

「それは……家畜化されているかいないか……」

「さすがに鴨井さんは生物の先生ですね。大きく言えばそういうことだと思います」

オオカミを人間の手で馴《な》らして改良していったものが、犬。

「ヤマネコとイエネコなんかの関係ですよね」

心晴は自分が好きな、猫でたとえた。

あちらは新石器時代の西アジアで、穀物庫に増えたネズミを捕食するヤマネコが現れたのがはじまりだという。

「その中で多少は人間に慣れた個体が繁殖して、人間が移動するのに付いていって世界中に散らばったのが、今俺たちが目にするイエネコってわけです」

「犬の登場は、それよりもうちょっと早いんです」

「どれぐらい？」

「農耕が興る前の旧石器時代にはもう、家畜化されたイエイヌが人と一緒に存在していたみたいなんですよね」

なんでもドイツのボンでは、一万五千年前の子犬の化石が発見され、さらにイスラエルでは一万二千年前の遺跡から、女性と一緒に埋葬された犬の骨が見つかったそうだ。

どちらにしても、相当昔である。スケールが大きすぎてくらくらしてしまう。

「犬が生まれる前段階として、まずどうにかして野生のオオカミと接触しなきゃいけないわけですよ」

「それはまあ、順番としてはそうですよね」

「まだ狩りと採集で暮らしていた頃の人間がですよ。なんでそんな恐ろしいことをしたというか、できたんでしょうね」

「うーん。やっぱりあれじゃないですかね。狩猟がメインなら、なおさら猟犬にあたるものが欲しくなるでしょう」

「狩りのサポート役ですか」

「親は獰猛《どうもう》で無理でも、子供を引き取って色々教えれば、近いことはできるんじゃないですか」

そして適性があった個体を残して繁殖させ、今のイエイヌと呼ばれる存在になった。

これは一般的に狩猟のパートナー説と呼ばれ、西洋では十八世紀から提唱されていた定説なのだという。

確かに藍の目から見ても、無理はないように思える。今も狩りのサポートをするハンティングドッグは、フンフンのダックスフントをはじめ、犬種の多くを占めているのだ。

ただ、加瀬の意見は違うようだ。

「それなんですが……最近読んだ本に、面白いことが書いてあったんですよ。定説だったその狩猟パートナー説を再現するために、本物のオオカミに狩猟犬の役をやらせてみたそうなんです」

「へえ、どうなりましたか」

「結果はと言えば、まあまったくだめで」

「だめ」

心晴も初耳な顔をしていた。

いわく、再現に使ったアラビアオオカミは、オオカミのグループの中でも小柄で犬によく似ているが、獲物を追って仕留めることはできても、その獲物を人間に分け与えることができない。取り上げようとすると、激しく抵抗し独占しようとしたそうだ。

「これは生まれた時から人間の手で育てられて、人によく慣れたオオカミでも変わらないんです。アラビアオオカミが、別のオオカミになっても傾向は同じです。彼ら自身に備わった本能で、森で獣を追っていた時代の人間ならなおさらオオカミに狩りを仕込もうなんて気にはならないと思うんですよ」

「発想自体起こらない……」

「そういうことです」

「なら……どうして犬は生まれたんでしょうか」

藍は思わず呟《つぶや》いていた。

現にオオカミとイエイヌは、近いけれど別の亜種として存在しているのである。

「はじまりはもっと、動物側の事情に拠《よ》ったものだったかもしれませんね。ネズミを求めて穀物庫に寄ってきた、ヤマネコと同じです」

オオカミは、人間と一緒に狩りはできない。でも、餌を求めて人間が狩り場に残した残骸などを漁《あさ》ることはあったかもしれない。さらには人里に近づいて、ゴミ置き場の肉や骨を漁るようにもなるだろう。

人間をいとわなければ、餌にありつける確率も上がることを彼らは学ぶ。そうやって人間への耐性を徐々に高めていった個体が、今のイエイヌの始まりなのではないかと。

加瀬の話を聞いた藍は、すぐ足下にいる、フンフンとヨーダを見つめた。

フンフンは藍と目が合うと、座ったまま尻尾を小さく振った。葡萄《ぶどう》のような瞳が目に見えて輝いた。全身で訴えてくる。あなたが大好き――。

ずっと不思議だったのだ。フンフンの小さな体からこぼれるほどの喜びが、いったいどこから来るのか。

「犬とオオカミを分けるものは、この異常なまでの社交性なんですよ。犬は自分とは異なる種族に関心を示して、心を開くのをためらわないんです。ゲノムのレベルで『人間が好き』で、そういう個体が生き残ってきた」

実際、犬のDNAを解析すると、オオカミにはない遺伝子の変異が見つかるのだそうだ。その変異の特徴が人間に顕《あらわ》れた時は、やはり過剰なまでの人なつっこさや警戒心のなさが傾向として出てくるのだという。

オオカミから犬になって初めて、人間も彼らに頼み事をするようになった。家畜の番。狩りのサポート。麻薬の発見に、障害者の支援まで。

人は犬に求め、犬はそれに応え、その絆は今も続いている。

「家畜化した動物なら、鴨井さんが言うように猫を含めて色々います。頭がいい動物も、イルカやチンパンジーにオウムとか、犬にはクリアできない知能テストを簡単にパスする例が沢山あります。でも、ここまで人間を受け入れることに特化した動物は犬だけだと思うんですよ」

「はい……わかります。私もそう思います」

思わず実感をもってうなずいてしまった。

生まれもっての『人間が好き』、それはフンフンを飼っていればすぐに伝わってくる事実だ。こんなに愛情深い生き物はいないと思う。

「ただ……三隅さん。どうか怒らないでほしいんですが」

「はい？」

「それが犬に備わった生まれつきのギフトである以上、一人の人間に固執したりもしないと思うんですよ」

「あ……」

加瀬はちょうど膝元に寄ってきた自分の愛犬の、頭をなでた。

「言い方は悪いですが、私に何かあってこいつが里子に出されたとしても、しばらくは寂しがるでしょうが、気持ちを入れ替えると思うんです。完全に忘れたりはしないにしても、目の前の飼い主《ヒト》を愛さない理由にはならない。そういう生き物だから」

加瀬の言葉は、確かにともすれば気を悪くする人もいるだろう。今あなたに向けられているその愛情は、犬の本能に基づくものであり、決して唯一無二ではないと言われているも同然なのだから。

でも藍は、それでもかまわないなと思った。

「――以上がまあ、鴨井さんが言う犬が、新しい飼い主にも馴染むんじゃないかと思う根拠なわけです。彼らがどうやって生まれてきたかを考えるとね。こんな感じでわかりますか」

加瀬はいつもより饒舌《じょうぜつ》な自分に気づいたのか、「だらだら長くなってすみません」と恐縮してみせた。

「いえ、とんでもないです。俺はよくわかりましたよ。ありがとうございます」

「時間はかかるでしょうが、新しいルールだって覚えられますよ。犬は昔から、好きな人に褒められるのが生きがいなんですから」

「どう、藍ちゃん。納得できた？」

鴨井の気遣いも、ありがたかった。

何より、これなら『ジロさん』と真菜の関係にも、希望が持てる気がするのだ。それが何より嬉《うれ》しい。救われる気がしたのだ。

（犬は犬だから人間が好き）

その意見に、藍は一票で賛成だ。

「いいお話を伺いました」

あらためて、深々と頭を下げた。


加瀬はその後、店に新しい客がやって来たので、藍たちのテーブルを離れていった。そちらの客も犬連れのようだ。

心晴やフンフンと一緒に聞いた一連の話は、『Café BOW』を出てからもずっと覚えていた。

林真菜に会えたのは、さらに数日後のことだ。

予備校で授業が始まる前の、前方だけがまだ埋まっていない教室内で、最前列に鞄《かばん》を置いたのが真菜だった。

（来た）

あの、一見して涼やかな優等生風のコーディネートで、耳には白いワイヤレスイヤホン。

頬に絆創膏《ばんそうこう》が一枚貼ってある。

教室の真ん中あたりに席を取っていた藍は、思い切って机の荷物をかき集め、彼女の隣に移動した。

何も言わずに腰を下ろした瞬間、ものすごくドキドキした。

（やってしまった）

怖くてなかなか横が向けない。しかし続けねば。

「……この後、お話ししませんか」

藍は前を見ながら、冷や汗交じりに声を絞り出す。

「議題は、犬です。ジロさんが犬により大丈夫という話です。理由は犬だからです」

だめだ。緊張するあまり、話の持って行き方と順序を完全に間違えた。

これではただの怪しい人だ。しかし焦れば焦るほど、フォローの言葉が出てこない。

もういっそ怪しさ全開のまま、荷物をまとめて後ろの席に戻ろうかと思ったら、真菜が言った。

「わかった。じゃあ休憩時間にね」

――そっけない言い方だが、了承してくれたようだ。

「それで？」

授業後の十分休憩に、藍と真菜はラウンジまで移動した。

真菜が自販機に小銭を入れる。

「烏龍茶《ウーロンちゃ》と百パーオレンジなら、どっちが好き？」

「え……烏龍茶」

「はいどうぞ」

彼女は光るボタンを押し、出てきたブリックパックの烏龍茶を藍にくれた。

「わ、悪いよ」

「いいから受け取って。この間のお煎餅のお礼」

「でも」

「あと、前に失礼なこと言ったから」

自分でも同じものを購入しながら、目を合わせず早口に言われた。

藍は思わず、そのぶっきらぼうな横顔を、まじまじと見返してしまった。

根がいい子だという藍のカンは、間違っていなかったのだと思う。ずっとあの時のことを、言葉にせずとも気にしてくれていたのだ。

「話って何?」

「あのね……林さん。私もあれから色々考えていたの――」

藍もやっと落ち着いてきて、パックにストローを挿しながら口を開いた。

「私はフンフンが好きだし、フンフンをお店からお迎えして良かったって思ってるの。でも林さんの話を聞いた時、後ろめたくなってる自分が余計に嫌になっちゃって」

「そんなこと思う必要ないのに」

「そうなのかもしれない。私は林さんみたいに、絶対に諦めない強い心があるのか自信ないんだ」

「強い? わたしが?」

「すごく強いよ」

こちらを向いた真菜の、頬に貼られた絆創膏を指さした。

綺麗《きれい》な顔についた傷痕は、まだジロさんと悪戦苦闘し続けている証《あかし》だろう。

たとえどんなに夢や理想とかけ離れていても、決して目の前にいる子を見捨てていないことの証明だった。

「この間ね、ドッグカフェのオーナーさんが言ってたの。犬とオオカミを分けるのは、人間への耐性だって。犬は人間を好きになるように進化してきたって。だから……林さんのやってることは、きっと無駄じゃないよ。一緒に散歩だって、できる日が来るんじゃないかって思ったの」

これもまた、藍の立場から言えば偽善に聞こえてしまうかもしれないけれど。

真菜は藍の話を聞いて、なぜか泣き笑いに似た顔になった。ついでに頬の傷にさわったようで、絆創膏を押さえて天井を見上げた。

「人間を好きに、か……」

「そうだよ愛だよ。愛」

ストローのお茶を一口。

「真面目っぽいのに変な人だね、三隅さんは。こんな赤の他人にかかずりあってるより、英単語一つでも多く覚えた方がいいのに」

「林さんこそ、人にお茶おごらなきゃいけないなんて、そこまで思い詰めなくてもいいんだよ」

真菜が、その場で軽く噴き出した。口をぬぐって、初めてちゃんと笑ったところを見た気がした。

「意外に言うのね」

「おかげさまで」

「ねえ、確かインスタやってたよね。フォローしてもいい？」

「いいよ、もちろん」

お互い参考書を満載した鞄からスマホを取り出し、それぞれのアカウントをフォローして繋《つな》がった。

「何やってるんだろうね、うちら。受験生なのに」

「ほんとだよね。受験生なのに」

こういうのも、新しい犬友と言うのだろうか。

言うのだろう、たぶん。

犬のことが大好きな友達だから、たぶんそう言うのが一番しっくり来るのだ。

【林真菜の場合】

「ただいま——」

いつもより帰宅が遅くなったのは、三隅藍と途中まで一緒に帰ったからだ。JRに乗る藍と、バス利用の真菜で、バスターミナル前でひとしきり喋《しゃべ》ってしまった。

そういうわけで久しぶりに良《い》い気分で玄関ドアを開けたのに、廊下の真ん中に小さな湖ができていたものだから、テンションは急降下した。

――どう見ても、ジロさんの粗相のあとだ。

（もう）

思わず真菜は、タヌキ寝入りで顔をそむける、玄関土間の飼い犬を睨《にら》みつけてしまう。

外飼いだった頃の名残で、ジロさんは家の中で排泄《はいせつ》するのがどうにも下手だ。できるかぎり外ですませたがるので、真菜も近所の目を気にしながらジロさんを散歩に連れ出してはいるが、それでは追いつかない時もある。

（そこにちゃんとトイレあるのに。嫌がらせなの）

真菜は自分の鞄を置いて、洗面台に置いてある掃除キット一式――ペットシーツとウエットティッシュと消臭剤を持ってきて掃除をはじめた。

帰ってくるなり四《よ》つん這《ば》いになってごしごし床をこすっている、受験生の自分。藍は真菜を諦めない強い人だと言ったが、買いかぶりすぎだと思う。何度も教えたことを忘れられれば心は折れるし、こんなこと、いつまでも一人では続けられないのだ。

「……やっと綺麗になった」

ようやく床の掃除が終わったが、立ち上がる気力が湧いてこなくて、しばらく廊下に座り込んでぼうっとしていた。

するとと横から毛むくじゃらの、ぼんやりしたベージュの犬が割り込んできた。

ジロさんだ。

「なんなの。あなた玄関がいいんでしょ。わざわざこっち来ないでよ」

膝を抱えて無視しても、ジロさんはその場を去らなかった。いつまでも尻尾を垂らして、真菜のことを見ていた。

本当に人の言うことを聞かない子だと思ったが、同時に今日フォローした、三隅藍の言葉が蘇《よみがえ》るのだ。

『犬は人間を好きになるように進化してきたって』

ジロさんの気持ちがどこにあるのかなんて、ずっとわからないできた。

血統書付きのミニチュア・ダックスフントじゃないのも、家族のテリトリーに入ってこようとしないのも、リードで歩くのが下手なのもトイレを外しやすいのも、ジロさんが真菜たちを嫌っている証拠にはならないとするなら。

ただ彼がいつだってひたむきに、今という時間を生きているだけだとするなら。

「……がんばって慣れようとしてくれてるの……?」

都合のいい夢想かもしれない。嫌いな畳やフローリングでも、真菜たちがいる場所なら、上がる回数を増やそうとしているのか。そんな希望的観測。

鼻先に手をのばしたら、ジロさんは向こうから近づいてきて、その手をかいだ。目と目が合い、脚の間にあった尾が、ゆっくりと左右に揺れた。

（ジロさん――）

真菜は、目の前のジロさんの背中をなで、首筋に抱きついてみた。ジロさんは温かくて、硬い毛がむずむずして、少し香ばしい獣の匂いがした。彼は嫌がらなかった。

訳もなく涙が出た。

「ごめん。ごめんね……」

ジロさんの背中を繰り返しなでていたら、背後から物音がした。

「――真菜。帰ってたのか」

和彦の声だ。

真菜はジロさんとともに動かない。

彼は自分を無視して振り返らない娘を、どう思っただろう。ただどこかぎこちなく続けた。

「あのな。あれからママとも相談したんだが……真菜の犬が好きな気持ちに甘えて、真菜一人に色んなことを任せすぎたところがあると思うんだ。ジロさんの困りごとは、家族みんなで対処するべきだ」

「それで……？」

「ああそれでな、思ったんだが、こういう所に相談してみないか」

和彦が見せてくれたのは、折り畳んだ跡が残るチラシだった。

「……ワンワンしつけ教室……？」

「近所に、専門のドッグトレーナーさんがいるらしいんだ。警察犬の指導もしているところだぞ」

「こういうのって、子犬の時に通うもんじゃないの？」

「相談したら、成犬でも大丈夫らしい。このさい恥とか外聞なんてどうでもいいだろう。ジロさんが少しでも暮らしやすくなるのが大事だ」

よれよれのおじさんくさいパジャマ姿で、頭に寝ぐせもできていて、『外聞なんてどうでもいい』と言い切る和彦の姿は、真菜が知るええ格好しいの父親の姿とはずいぶん違っていた。

真菜は今も近くで寄り添うジロさんに聞いてみた。

「どうする、ジロさん。勉強しに行ってみる……？」

いわく。犬は種族として人間を愛し、社会と繋がる訓練は生涯にわたって続けていくものので、決して手遅れということはありえないのだという。

真菜と和彦に挟まれたジロさんは、ただ口角を上げたまま、はふはふと尻尾を振り続けていた。

『というわけで！　ジロさん、五歳にして犬の学校デビュー！
トレーナーさんと一緒に、指示の出し方から勉強中です。
ハーネスよりもリードの方が伝わりやすいとか、飼い主のわたしの方が覚えること多いかも。もうメモること多すぎ！
まあ焦らないで一歩ずつやっていこうね、ジロさん』

『ジロさんがんばってるねー。ぴかぴかだ！』

（あ。三隅さんだ）

真菜が写真や動画を投稿すると、いち早くコメントをくれるのが藍だ。

校舎の隅で、レスを打ち込む。

（人間の学校もテスト近いから死にそう……と）

ジロさんが来た当初は、トラブルやごたごたを友人にはあまり知られたくなくて、SNSではいっさい触れないようにしていた。それまで語っていた夢とかけ離れた生活を、真菜自身が認めたくなかったのかもしれない。ただ、これからの試行錯誤は、きっとどんなことでも残しておいた方がいい気がするのだ。

「こら！　校内でスマホは使うな！」

やばい。

目ざとい教師のカミナリに、思わず首をすくめる。慌てて端末を、コートのポケットに押し込んだ。

「すんませーん」

「次見かけたら、没収するからな」

実際怒られていたのは、目の前の下駄《げた》箱にいた男子生徒だった。

どうやら階段脇にいた真菜は、教師から見て死角だったようだ。

こういう時、見かけだけでも優等生を通しておくと得である。まず初見では疑われないから。

しかし授業中ならいざ知らず、今時スマホ全面使用禁止も何もないと思うが、それがここ美園学院の規則なのだ。真菜が入った時から緩和の気配はなく、無性に藍の学校がどうなのか知りたくなってしまった。

　この時間にコメントが入れられるということは、きっと制限らしい制限はないのだろう。公立の緩い校風が少し羨ましい。

（……気分転換に、『せんせー』でもからかいに行くかな）

　気がそがれてしまったので、帰宅は先延ばしにすることにした。

　お目当ての彼は、職員室でも生物室でもなく、南校舎一階の校長室にいた。

　扉の前に立ち、その姿をあらためて客観的に眺めてみる。背丈はそれほど高くないが、さっぱり系のイケメンとしてはなかなかだと思うのだ。今は白衣の背中を丸め、床でドライフードを食べる子猫を見守っている。

　部屋の中に葦沢校長はおらず、いるのは彼だけらしい。

「あっ、こら！　ドアの開けっぱなしには気をつけろって言っただろ。ケージから出してるんだぞ」

「はいはい。鴨井せんせーったら、生徒と二人っきりになりたいんですね」

　後ろ手にドアを閉めながら笑ったら、向こうは苦虫を噛《か》み潰したような顔になった。

「林がなんの用だ？」

「用がなくちゃ来ちゃいけない？　みんな顔出してるって言いますよ」

「大抵の奴はな、用もなくじゃなくて、猫に会いに来るんだよここに。残念だったな」

すげない返事に、真菜は内心すねたくなった。

鴨井心晴、二十五歳。今から三年前に新任で入ってきた、生物教師だ。『美園学院ナンバー2の顔面偏差値』『小テストの鬼』『白衣が本体』と、褒めるにしても貶《けな》すにしても微妙な異名を誇るが、彼が授業を担当するクラスは進級後も理系コースに進む生徒が多いと聞く。

真菜もコースこそ文系だが、部活は生物部を選んで正解だったと思う。彼が美園にやって来てからの三年間、顧問と部員の距離で心晴の側にいられたからだ。

(好きなのにな)

部を引退した後、思い切って駐車場で待ち伏せまでしたが、いまいち本気にされず受け流されて今がある。

「あんまりつれないこと言うと、録音して校長先生に言いつけますよー」

「それスマホのアプリか？　使用許可取ってるのか？」

「あっ、プンプリプイッコー」

真菜は聞かないふりをして、足下で遊ぶ子猫に手をのばした。

子猫は心晴が連れてきた保護猫だ。真菜はたまにしか顔を出さないが、人なつこい性格のようで、下は中等部の生徒から上は教職員まで、沢山ファンがいると聞く。

自前のヘアゴムで遊ばせていたら、心晴が言った。

「そういえば林、おまえ確か保護犬引き取ったって言ってたよな」

「何なの、いきなり」

「いや……知り合いに、しつけに苦労してる話を聞いてな。あれから大丈夫かちょっと気になっただけだ」

真菜がジロさんのことを口にしたのは、確か心晴の前では一度だけだ。

こちらは欲しくもないのに、親が犬を引き取ってしまったとかそういう話。SNSのキラキラには載せられなかった、どうしようもない愚痴や弱音。

覚えていてくれたのか。

普段つれないのに、こういうさりげないところで気にかけてくれるから、嬉《うれ》しくなってしまうのである。思わず口がほころんだ。

「ううん、平気。もう大丈夫だから」

「そうか。なら良かった」

「なんなのよー、また好感度上げちゃって。そんなにわたしのこと気になります？」

「その自意識は、ぜひ勉学に向けてください」

「ねえせんせー、せんせの好みってどういう女性《ひと》？　やっぱり噂《うわさ》通り年上？」

「どんな噂が立っているか、聞くのが怖いな」

子猫を真菜から取り返し、ケージに戻しながら心晴が苦笑した。

「強いて言うなら加賀《かが》まりこだ」

「お、おばーさん趣味？」

「おまえな、いっぺん昔の加賀まりこを観《み》てから出直してこい。吹っ飛ぶぞ」

「マニアック」

彼とこういう軽口を叩《たた》けるのも、あとわずかだと思うと、どうしようもなく寂しくなる。

年が明ければ共通テストで、真菜が学院にいられる時間は短い。

たとえ高校生とつきあう気はなくても。それでもやっぱり好きです。

鴨井心晴先生――。

みっつめのお話　桜咲くまで、涙はいらない

【鴨井心晴《かもいこはる》の場合】

その日、心晴がベッドの中で目を覚ましても、窓の外はまだ暗かった。

これは二度寝ができるぞと思ったものの、枕元のスマホに手をのばしたら、時計は無情にも起床時間を告げていた。仕方ない——心晴は表の寒さを覚悟しつつ、温かい寝床から体を引き剝がした。

（どんどん日が短くなるなー）

しゃかしゃかと歯を磨きながら、体が覚醒するのを待つ。

ここ最近、太陽の出現時間がめっきり遅くなった気がする。見ての通り起きても暗いし、日の入りも嘘《うそ》のように早い。それにしたって今日は遅くないかと思っていたら、『本日は二十四節気の冬至です！』と、テレビのお天気キャスターが言いだした。

心晴は歯ブラシを口に突っ込んだまま、思わず画面に見入ってしまう。

「ろーりれ」

どうりでと言ったつもりである。

毎年十二月の二十二日前後にやってくる冬至は、北半球で一番昼の時間が短く、夜の時間が長くなる日だ。原因は地球の地軸が傾いているせいであり、南半球ではこれが逆転する。ただ注意すべきは太陽の出現時間が短い日を指して冬至と言うのであり、日の出時刻の遅さ自体は年明けまで更新されていく点だが、今日のお日様がことさら短く貴重なものになるのは確実なようだ。

身支度を終えたら、ペットケージにかけた保温用の毛布を外した。

すでにプンプリプィッコ、略してプー子は起きていたようで、起き抜け一発の元気な自己アピールが響いた。

「んなー！」

プー子は生後三ヶ月になり、体重はみるみる増えて一キログラムを越えた。子猫用の首輪がはめられる大きさになったので、縮緬《ちりめん》細工でできた桜色の首輪を付けてやったところだ。小さい鈴も付いているので、居場所を知るのはだいぶ楽になった。

ケージの扉を開ければ、その鈴を鳴らして飛び出してくる。

「よし。腹減っただろ。ご飯食べような」

「なー！」

ドライフードはまだお湯でふやかさないと食べないが、子猫用ミルクは卒業している。一度に食べられる量もかなり増えたので、授業の合間に校長室へ走る回数も減らせていた。

小さな体でもりもり食事をしている勇姿を見ていると、感慨深くなってしまう。このぶんなら、猫連れ出勤もいずれ卒業かもしれない。

（その前にキャットタワーとか、家の中を整備しないとな）

キャロルの時に一度環境をリセットしてしまったせいで、また留守番環境を作り直す必要があった。

惜しいとは思わない。あれは彼女のために整えた城で、そのお古を使うのは、どちらにとっても嬉しいことではないと思うのだ。たとえキトン・ブルーを脱したプー子の瞳が、彼女によく似た金色になってきたとしてもこの考えは変わらない。

そうしてプー子は心晴が見守る中、皿のフードを綺麗《きれい》に完食した。

「うまかったか？」

「なー！」

ヒゲの先っぽにフードの粒を付けて、また鳴いた。もうなんでもいいらしい。

元気なのはいいことだ。

そして順番でいうなら、次は心晴の番だった。

(どうするかな、俺の朝飯は)

今日は五日働いた後の休日で、仕事の方も休出の必要は今のところない。こういう時は、折り畳みの自転車を漕《こ》いで、サイクリングがてら外で朝食を取るのが習慣であった。

しかし外は――非常に寒そうだ。

冬至のこんな日ぐらいは、家に引きこもっていても許されないだろうか。

「いや、日和るな鴨井心晴！」

初志貫徹だ！

こういうのは、いったん休むとずるずる行くのだ。続けることが大事なのだ。

心晴は勢いをつけてダウンジャケットに袖を通すと、玄関に置いた折り畳み自転車を持ち出した。

関東の冬は西高東低、冬型の気圧配置でよく晴れ、そして乾燥している。遅い太陽がいったん昇った後の天気はまさしく空《から》っ晴《ぱ》れで、自転車を漕ぎだして頰にあたる風はまるでカミソリのようだ。早く体が温まってこいと思う。

川沿いのサイクリングコースに出て、信号なしの道を軽く飛ばしていくと、やっと全身に血が巡ってエンジンがかってきた気がする。

（マガモ。マガン。あれはホシハジロか）

ごくゆるやかな流れの川面《かわも》を、複数の水鳥が進んでいく。カルガモなどを除いた鴨《かも》や雁《がん》の仲間は、この時期だけ日本にやってくる冬鳥だろう。ここ関東で冬を越し、シベリアなどの大陸へまた旅立つのだ。

土手沿いの落葉樹もみな服を脱ぐように葉を落とし、身軽になって枝や幹が直接日の光を浴びていた。

（みんな自分なりに、冬支度をして寒さを乗り越えようとしているんだ）

サイクリングコースを下りてまた市街地に入れば、後はいつも行きつけにしているカフェを目指すだけだ。どうせなら駅西口の公園で犬を散歩させているであろう藍《あい》をピックアップし、一緒にカフェまで行く手もあると思った。

「――え、藍ちゃん⁉」

心晴は慌ててブレーキをかけた。

こちらの予想よりもずいぶんと早い場所で、見慣れたリードで歩くダックスフントと、それを散歩させる人を見かけてしまった。

振り返ると、向こうも歩道に立ち止まった。

普通にしていても腹が地面すれすれ、茶色い毛むくじゃらの短足犬は、確かにフンフンのようだ。この山椒《さんしょう》は小粒でもぴりりと辛い面構えは、間違いない。しかし、人の方がまったく違った。

(誰だこれ)

いつも藍が着ているダウンコートを着込み、細身のデニムにムートンブーツと年齢が出にくいコーディネートをしているが、年齢はプラス二十五歳といったところだろう。仕事でよく相手にする高校生の、保護者世代だ。散歩バッグまで『きたむら動物病院』のノベルティで、すれ違う時は完全に藍だと思ったが——。

「藍は……私の娘ですが……」

「あ、お母さんですか」

完全にしくじったと思った。言われてみれば、目元や輪郭に面影はある。

「ええ。藍の方は年明けのセンター試験まで、一ヶ月切っていますから。今はセンターじゃなくて、共通テストって言うのかしら。だからこれからしばらく、この子の散歩は私が引き受けることにしたんですよ」

リードに繋《つな》がれたフンフンが、心晴を見上げて『ざまあ見ろ』と言っている気がしてならない。心晴の被害妄想だろうか。

藍のお母様は、喋《しゃべ》りながらもじっと心晴を見つめてくる。こうなると、こちらも名乗らないわけには行かなくなった。

「あの——申し遅れましたが。自分は藍さんの友人で」

「ねえ。あなたもしかして子猫飼ってる？」

「は、はい。飼っております」

「拾った子？　公園の」

「その通りですが……」

「ああやっぱりね！　色々聞きたいと思っていたのよ。そこのカフェね、犬ＯＫなんだけどお茶飲まない？　知ってるわよね」

藍の母親を名乗る女性は、一方的に言って『Café BOW』の方角を指さした。

にこにこと、誘いをかける笑顔の圧が強い。娘の藍とは、押しの強さがまったく違うと思った。

「……承知しました」

「いきましょ、いきましょ」

それから心晴は、初対面のマダムと通りに面したカフェのオープンデッキで、一時間近く面談をするはめになった。コーヒーやモーニングを運んでくる加瀬《かせ》の、同情に満ちた視線が切なかった。

「なんて言うかね、うちの子も適当にやるっていうのができない子だから。もちろんこの場合の適当っていうのは、投げやりやいい加減って意味じゃないのよ。適切に手を抜いてねってこと。ねえお兄さん聞いてる?」

「ええはい」

「いつか真面目が徒《あだ》になりそうで心配なのよー」

賑《にぎ》やかなお母様は、目下娘の大学受験が懸念事項のようだ。

駅や公園にイルミネーションが灯るこの時季を、クリスマスの前哨戦《ぜんしょうせん》と呼ぶ人もいれば、冬至でカボチャを食べる日と呼ぶ人もいる。でも受験生にとっては、何よりも勉強の追い込みだろう。

いくらオフでしか会わないとはいえ、これを察しない自分はどうかしている。大事な本番がすぐ目の前に迫って、今一番集中しなければいけない時期のはずだ。確かに犬の散歩なんて、している場合ではないのかもしれない。

(がんばれよ、藍ちゃん)

しかしこれでしばらく、藍と顔を合わせる機会もなくなるのか。貴重な癒《いや》し枠が。

里子《さとこ》の話に笑顔で相づちを打ちつつ、はたしてどんな励ましが『真面目』の藍にきくかとか、そんなことを考えていた。

【三隅《みすみ》フンフンの場合】


一方、犬のフンフンは心晴たちの足下にいた。

自分から呼び止めたくせに、里子ママと話す心晴は、なんだか居心地が悪そうだ。

（そうか！）

理由にピンときた。フンフンの垂れ耳が持ち上がる。

きっと心晴は、里子と藍を間違えたのだ。そうに違いない。いつもは藍が、フンフンを散歩させるのだから。なのに藍ではなかったから、あてが外れて大慌てなのだ。

あのスカした男が困っている姿を見るのは、なんとなく愉快だった。しめしめと思ってしまう。いいぞママさん、もっとやれ。

『……ヒトを呪わば、穴二つでござんすよ』

ぎくりとした。

それはフンフンのお隣、一緒に屋外式ヒーターにあたるバセットハウンド、ヨーダの台詞《せりふ》であった。

『なにそれ』

『さあ。あっしも深いところはわかりかねますが』

ヨーダはたるんだ頬を揺らして、その場で大あくびを一つした。

『あまり余所様《よそ》の不幸を喜んではいけないという、ヒトが作った格言だそうで』

――相変わらず台詞の一つ一つに重みがあって、絵になるオスである。

加瀬ヨーダは、八歳になる先輩犬だ。カフェの看板犬という仕事をしているからか、色んな人間が来ても平気で寝られる強さがあり、常に達観していた。

『別にそんな、喜んでるわけじゃないけどさー……』

『むろん存じておりやすよ。ただねフンフンさん。いらぬケンカの種をまいて敵を作るのは、賢い犬のやり口とは言えんでしょうよ。その脚、思わぬところですくわれたかないでしょう？』

『うー……』

『右から左に流しゃいいんです』

フンフンもいずれはヨーダのような、どっしりとした威厳と貫禄《かんろく》を身につけたいと思っているのだ。もっともっと年を取ったら全身ダブダブしてきて渋くなれるかと聞いたら、

『ダックスじゃ無理でござんすよ』と言われたぐらいである。どうも犬種自体が違うらしい。残念だ。

とりあえずヨーダが言うと真実味が増すのは確かなので、なんとなくその場で座り直して、居住まいを正した。心晴を『やーいやーい』と思うこともやめた。

「あらっ、もうこんな時間だわ。ごめんなさいね話し込んじゃって」

「いえいえとんでもないです」

「なんだかあなた、話しやすいのよね。だからなのかしら。伝票どこ？　払っておくから」

「だめですよお母さん」

「やーだ、お義母《かあ》さんだなんてもう、気が早いわよ。とりあえず藍には今日のこと、内緒にしておきましょうね。フンフン見ててくれる？」

里子は強引にテーブルの伝票を奪い取り、犬が入れない店の中へと歩いていった。

その場に取り残された心晴は、わざわざ屈《かが》んで、テーブルの下をのぞき込んできた。

「おい」

なんだよ。ボクはケンカはしないぞ。『やーいやーい』も取り消したからな。

一瞬身構えたフンフンだが、心晴は想像以上にやつれた感じだった。

「なあ。もしかして藍ちゃんてお父さん似？」

中身が似ていないと言いたいのだろうか。

確かに里子ママと藍は、性格的には同じとは言いがたい。よく喋るし、よく踊るし、リビングでゲームするの大好きだし。

かと言ってパパさんに似ているかと言えば——。

「いやまあ、お前に聞いてもしょうがないよな……」

勝手に納得されてしまった。

そういうとこだぞと、フンフンは言いたかった。歩み寄ろうと思うと、絶妙にずれていくこの感じ。

「お待たせー」

勘定をすませた里子が、デッキに戻ってきた。心晴は慌てて体を起こそうとして、テーブルに軽く頭をぶつけていた。

フンフンもヨーダがいる手前、あまり悪く言うつもりはないが、色々タイミングが悪い男だ、鴨井心晴。

「それじゃ、今日は藍じゃなくてごめんなさいね」

「いえ……今が大事な時期でしょうし……うまく行くようお祈りしてます……」

「あー、だめだめ。あの子余計にプレッシャー感じちゃうわ」

里子はフンフンのリードを持ち、心晴に手を振りながら『Cafe BOW』を出た。

途中、里子からは鼻歌なども聞こえてきて、いやに機嫌が良さそうだと思ったが、考えてみればいつもの里子ママだった。

それからは、真《ま》っ直《す》ぐ寄り道せずに家へ帰った。

玄関で汚れた足の裏を拭いてもらい、リードも外せば後は自由だ。

「フンフン、二階行く？　たぶん藍は勉強してると思うけど」

もちろんだ。フンフンは階段の前で足踏みし、ぶんぶんと尻尾を振った。

ダックスの天敵は、その骨格からくる腰痛とヘルニアだそうで。滑るから二階には自力で上がるなと言われている。フンフンは里子に抱えられて二階に向かった。

（藍ちゃーん。ただいまー）

（ボクね、お散歩から帰ってきたよ！）

床に下ろされる前から、フンフンの両脚は前後に動いていた。

ドアの前で解放された瞬間、ばびゅんと中へ飛び込んだ。

（藍ちゃん藍ちゃん、ただいまー！）

（ねえ聞いてよ！）

しかし肝心の藍は——勉強机に向かったまま。こちらを振り返りもしなかった。ただカリカリと、ノートにシャープペンシルを使う音が聞こえてくる。

「ねーえ藍、クリスマスのことなんだけど。パパは帰ってこれないから、どこかご飯でも食べにいく？　それとも誰か約束してる？」

「……約束って？」

「だからほら、鴨《かも》っぽい鳥の名前の」

「お母さん。そんな時間、あるわけないでしょ」

藍はほぼ微動だにせず、冷ややかに打ち切る姿は、そっけないにもほどがあった。

「おーこわ。わかりましたよ」

里子はフンフンと目を合わせ、海外ドラマの女刑事のように肩をすくめて部屋を出ていった。

フンフンは藍にかまってもらうため、彼女の足下近くで立ち上がった。

（あのね藍ちゃん。今日は心晴の奴がいてね、ちょっと面白かったんだよ——）

ちょいちょいと前脚を動かしてアピールをすると、ようやく藍がこちらを向いた。

「フンフン。ごめんね。今は遊んであげられないの」

里子の時ほど怖くはなかったが、まるで聞き分けのない子を、優しく諭しつけるような調子だった。

そう言われると、フンフンとしても諦めるしかない。

（……いいんだけどね。二階のベッドの方がふかふかだし）

自分に言い訳しながら前脚を戻し、部屋の隅にあるフンフン用ベッドに移動した。よく踏んで揉《も》んで、いい案配にしてから丸くなる。

ここから見えるのは、机に向かう藍の真剣な横顔だけだ。

くん、と鼻を動かす。

（ピリピリしてる）

以前にも言ったが、犬の鼻というのは、人間が思っているよりもずっと多くの情報を嗅ぎ取れるものだ。

今の藍から漂ってくるのは、ひたひたとした不安の匂い。ピリピリの緊張の匂い。あとはうっすらと取れない疲労の匂い。たまにやってくる『ていきてすと』の時よりも、それぞれの匂いがずっと濃い。あんまり好きな匂いではないなとフンフンは思った。

（遊んでくれないし）

藍をこんな風にしてしまう『だいがくじゅけん』とは、いったいどんなモンスターなのだろう。

きっと牙がいっぱいあるに違いない。脚が八本ぐらいあったり。ガオーと火を噴いたり。

(がんばって警備を強化せねば)

勇者フンフンは気合いを入れ直すが、ただ仁王立ちで踏ん張っているのも退屈すぎて、そのうちお腹《なか》の毛繕いをしたり、うとうとと居眠りをしてしまうのだった。

【三隅藍の場合】

「あけおめー」

「おめー」

「つかもうとっくに正月終わってるじゃん。遅すぎ」

──年が明けた。

きらきら光るメリークリスマスも、除夜の鐘とカウントダウンイベントも、その後のお正月行事も、ほとんどが机に向かっているうちに終わってしまった。

灰色の受験生、それも本番目の前となれば、仕方ないのだろうか。

時は一月某日。埼玉県立浦和《うらわ》中央高校。

二学期の期末試験が終わったあと、藍たち三年生は各自自由登校になっていたが、今日は大学入学共通テストを控えて、久しぶりの全体登校日とされていた。こうして教室に集まってくるクラスメイトも、中途半端な時期の挨拶にみなどこか収まりが悪そうだ。

「やほー、みすみん」

「凪《なぎ》ちゃん！」

それでもだ。藍は教室で再会した加藤凪沙《かとうなぎさ》に、開口一番ひしと抱きついてしまう。

「会いたかった！」

「どうよベイビー。わたしがいない間、お利口にしてたかい」

「過去問といてた……」

「そのいきだよハニー」

なんだろう。今はこの、ふくよかな丸みと安定感が、無性に染みる。

勉強勉強で根を詰めていたところで、仲間の顔が見られるのは嬉《うれ》しくもあった。

「おお。凪がモテとる」

クラス委員長の真柴容子《ましばようこ》が、スクールコート姿で教室に顔を出した。

「なんかねー、今は人の肉と脂肪が恋しいみたい。みんな触ったり拝んだりしてくんだよ。腹とか二の腕とか」

「確かに肥えたわ。凪もだけどみすみんも」

凪沙に抱きついていた藍は、思わぬもらい火に悲鳴をあげた。

「ひ」

なんと恐ろしいことを言うのだ、委員長。

「……わ、わかる？　あの、ちょこっとだけなんだけど」

「んなこと言ってもさー、容子さん。考えてもみてよ。こちとら追い込み真っ最中でしょ？　机で延々勉強してると、無性に甘い物がほしくなるわけよ。で、昼夜問わずちょこちょこなんかつまみながら過去問解く癖がついちゃってさ」

「そうなの！　ご飯もしっかり食べてるのに！」

その上、運動量もめっきり落ちてしまっているから、なおさら余剰カロリーでお肉がつきやすくなっているのだ。容子には『ちょこっと』と言ったものの、実際は過去最高値に迫ろうとしている。

「まあ、今はしょうがないんじゃないの。脳の栄養って、糖分必須らしいし。終わってから痩せたら」

「そういう容子さんは――」

中性的なスレンダーボディには、まるで変化がない。むしろシュッと引き締まった感さえある。

「あっ、ごめん。私ってばもう終わっちゃってるから。推薦でごめんね。好きなだけ石を投げて」

「投げないけどさ……」

「いいって許す！」

自己陶酔でくねくねしながら謝られると、そんな気も失《う》せてくるのである。

藍のクラスも容子のように、すでにＡＯ入試や推薦で進路を決めている者もそれなりにいて、全員が全員、一般入試組というわけではない。早々に受かった人は、容子ぐらいあけすけにしてくれた方が絡みやすくはあった。

その後は学校側から、明日の共通テストの注意点を聞き、補講を希望しない生徒は早めの解散となった。

藍も真っ直ぐ自宅に戻ってきて、しつこくまとわりついてくるフンフンをあしらいながら勉強机の椅子に座った。

「今は無理なの。ごめんね、お母さんと遊んで」

断るたびにくんくんと要求鳴きをされてしまうが、心を鬼にして前を向くしかない。

私大文系希望の藍は、国公立組より共通テストの比重は高くないが、ここで高得点を取れれば出願できる試験が格段に増える。今の実力を測る上でも重要な試金石の場で、昼間に教師が言っていたように、是非とも『勝って』おきたかった。

（大丈夫。これ以上無理ってぐらい勉強してるし。模試の成績も悪くないし）

自分自身に言い聞かせながら、目の前の問題集にとりかかる。

そうやって黙々と机に向かい続けて夜になった頃、とある人からメッセージが来た。


『いよいよ共テだ』

『落ち着いてがんばれ！』


（くう）

鴨井心晴からだ。プー子の可愛《かわい》い肉球までついている。

最近ひかえめだったやりとりからの、不意打ちのカウンター。藍は胸がいっぱいになるあまり、シャープペンシルを握ったまま机に突っ伏した。

「……だめ。かえって緊張してきた」

嬉しいやら苦しいやら。ばくばく言うこれは、心臓の音か。落ち着こうとしても動悸《どうき》がなかなかおさまらず、藍は少しだけ心晴を恨みたくなった。

「受験票は？」

「持った」

「電車賃は？」

「定期とSuicaに五千円入ってる」

「筆記用具」

「予備も多めに入れた」

玄関口で、里子が「よし」とうなずく。

「お弁当、ヒレカツ入れておいたからね」

「食べられるかどうかわからないよ……」

「なに言ってるの、ちゃんとお腹に入れないと、力出ないわよ。『敵にカツ』ってね」

試験で豚カツとか、変なところでベタな人なのだ。こちらは食べた後に、眠くならないかの方が心配なのに。

「ところで藍、受験票は？」

「はいはい行ってきます」

このままでは遅刻してしまう。藍はむりやり切り上げて家を出た。

外はあいにく、いつ雪が降ってきてもおかしくないような曇り空だ。藍の通う高校は、共通テストの試験会場に指定されていないので、高校近くの大学まで行って試験を受けることになっていた。交通機関が乱れないことを祈る。

幸いにして電車は特に遅延することなく、最寄り駅に到着した。そこからバスでも、予定より早く会場入りできた。

会場案内に従い、受験番号順に席につく。

高校とは違う大教室の雰囲気に、否《いや》が応《おう》でも緊張してくる。

これは何度も受けた模試ではない。本番の入試だ。

やがて、一人一人に問題用紙が配られる。

試験開始。

(はじめ)

筆記用具を手に取る。いっせいに用紙をめくる音が響く。

そして――なんの前触れもなく、唐突に『それ』は訪れたのだ――。

【三隅フンフンの場合】

「あらやだ。見てフンフン。雪だわ」

里子ママが、ダイニングテーブルで絹さやの筋を取りながら呟《つぶや》いた。

フンフンはその時、一階リビングのソファでうたた寝をしていた。言われた通り外を見ると、窓ガラス越しにはらはらと白いものが落ちてきていた。

（雪）

知っている。すごく寒くて空気が湿っている時に、空から降ってくるやつだ。時間がたつと、地面が真っ白になる。それが溶けるとべちゃべちゃになる。すなわちしばらくお散歩に行けないということだ。

「何もこんな時に降らなくてもいいのにね。藍ったら、濡《ぬ》れてなきゃいいんだけど」

里子は藍のことを気にしている。

今日は大事な試験の日らしく、藍は里子に応援されながら家を出ていったはずだ。

そして噂《うわさ》をしたのが良かったのか、玄関でドアの鍵が開く音がした。

きっと藍だ。フンフンは素早く起き上がり、ソファからカーペットに飛び降りた。

「ちょっとフンフン、腰悪くするわよ」

へへん。お迎えは早い者勝ちだ！

フンフンは藍を出迎えるべく、弾丸のように玄関へ走った。

（藍ちゃん、藍ちゃん、お帰りー）

（お疲れ様！）

予想通り、藍が帰宅したところだった。一応折りたたみの傘は持っていたようだが、ダッフルコートの上半身もかなり湿って、色が変わってしまっていた。

よっぽど寒かったのか、藍の顔色は真っ青だった。

「フンフン……」

彼女は濡れた傘を玄関に放置し、廊下にいるフンフンを抱え上げた。

あれ？　この感じは——。

「藍！　なんなのそのびしょ濡れは。早くお風呂入っちゃいなさいよ」

遅れて顔を出した里子の叱責を無視し、藍は目の前の階段を駆け上がった。

「ちょっと藍！」

彼女は自分の部屋に入ると、電気もつけずに座り込んだ。

腕の中のフンフンは、ただ藍を理解しようと、鼻を動かし匂いをかいだ。

「どうしよう」

この小刻みな震えは、たぶん寒さのせいじゃない。

「……なんかね、最初の国語でマークシート、一個ずれてるのに気づいて。慌てて直したんだけど、ちゃんと直せてるのか自信なくて」

感じ取れるのは、不安、恐れ、後悔と緊張。

どれもこれも、朝に出ていく時の比ではなかった。今、藍の中に渦巻いているであろう、強い気持ちに引っ張られ、こちらまで飲み込まれそうな気がした。

「その後も気になっちゃって、全然うまく……頭働かなくて……」

藍ちゃん。怖いの？

震えが震えを呼ぶ。怯《おび》えが怯えを呼ぶ。

ボクも怖いよ。今すごくすごく怖い気持ちになってるよ――。

（たすけて）

襲ってくるのは、八本脚で火を噴くモンスター。真っ暗な部屋の中で、フンフンまで恐ろしさに震えあがった。


【三隅藍の場合】


「んー……」

予備校の面談室で、チューターの男性が唸《うな》っている。椅子の上で脚を組み、腕も組み、たまに顎も撫《な》でてまた唸る。

藍が提出した、共通テストの自己採点結果のせいだろう。

「これ……本当に間違いないんだね？」

「国語は、正確に訂正できていた場合の点数です。だめだった時は……」

「もっと下がるってことか……本番は魔物だね」

派手にため息をつかれた。

藍はここまでずっと膝に手を置いて座っているが、むしろ嘆いて悲劇にひたりたいのは自分の方だった。

「いやでも、担任の先生と僕も同意見だよ。これはもう共通テストは受けなかったと思って、共テ利用の出願は捨てた方がいい」

「やっぱりそうですか……」

「私大志望で良かったと思ってさ。これから受ける独自試験に切り替えて集中して。実力はあるんだから」

「……わかりました」

「がんばって」

あまり身の入らない激励だ。

こちらも頭を下げ、会議机に置いた、採点結果の紙を鞄《かばん》にしまおうとするが。

「あ、ちょっと待って三隅さん。第一志望を受けるの自体は止めないけど、念のため滑り止めは安全策を取った方がいいよ。律開大《りっかい》なら、他の難易度低い学科も、押さえで出願するとか。文学部の日文とかどう？　どうしても心理学系から離れたくないなら、大峰大《たいほう》とか星心女子《せいしん》あたりなら安心なんじゃないかな――」

（二ランクも下の大学勧められた……）

不安すぎて予備校のチューターにも相談したが、結果はあまり変わらなかった。むしろより突き落とされた気がする。藍は礼を言って面談室のドアを閉めた。

頭が痛い。比喩ではなく本当にこめかみがずきずきと脈打っている。

どうしてあんなに簡単なミスをしたのか、自分でもわからないのだ。

大学入学共通テストの当日。マークシートを埋めていく終盤になって、回答欄が足りないことに気づいたあの絶望感ときたら。必死に戻ってずれを修正したが、挽回《ばんかい》できたかは定かではない。その後の英語リスニングは集中できず、世界史も今までにないほどボロボロだった。

時間を戻せる魔法があって、それには大きな代償が必要だと言われても、今なら大抵のものは差し出せる気がする。

「――え、三隅さん？」

痛みをこらえて顔を上げれば、廊下の向こうから見知った人が歩いてくるところだった。

「どうしたの。何か相談事？」

「林さんこそ……」

真菜とは、年末年始の特別講座で顔を合わせて以来だった。

面談室があるフロアは、事務手続きのカウンターがメインで、あとはここと大学関係の資料室しかない。

「うん。ちょっとさ、無理目のとこにチャレンジしようかなって思って。無謀かもしれないけど」

真菜は語尾を濁したが、はにかんだ笑いでなんとなくわかった。きっと彼女の場合は、共通テストでかなり手応えがあったのだろう。藍とは逆だ。

(いいな)

切実に羨ましかった。

「手応えあるなら、いけるよ。林さん、本番強いんだね」

「ありがと。なんかね、今回の結果次第で再挑戦だーって思ったら、めっちゃ集中できたんだよね」

「再挑戦？」

「うん、告白。一度断られた人なんだけどさ。本気度が伝わるかなと」

藍は目を丸くした。

「それじゃまた今度ね、三隅さん。お互いがんばろ」

真菜は頬を赤くしたまま手を振り、藍が死刑宣告を受けた面談室に入っていった。

いったんは収まっていた頭痛が、またずきずきと主張をはじめる。

――人は人、自分は自分なのはわかっている。

ここぞという場面でホームランを打ち、恋に浮かれる真菜を、羨んでもしょうがない。

スタートでつまずいたことを認めて、気持ちを切り替えてこの先の一般選抜試験に集中するのだ。

（でも！）

それが簡単にできるなら、苦労はしないのだ――。

二月に入ると、私大の一般入試がいっせいに始まった。

藍も周囲の勧めに従って滑り止めの大学をいくつか受けてみたが、はっきり復調したという手応えはなかった。

どうにか調子を戻そうとがむしゃらにもがいてばかりの、二月半ば。今度は最初の頃に受けた試験の結果が出てくる。

机の上のタブレットに合否照会画面を開かせたまま、藍は唖然呆然《あぜんぼうぜん》としていた。

(——おちた)

何度受験番号を打ち込んでも、不合格は合格にはならないのだ。

かなりの安全牌《パイ》のつもりで受けた大学だったのに。

(ちょっと待って……ここが駄目って……)

思わず口もとをおさえる。ここより後に残っている学校は、より難易度が高いところばかりなのである。本当は確実に合格して、この後の本命受験を楽にするつもりだったのだ。

全滅。浪人決定。

最悪のルートが、にわかに現実味を帯びてきてしまった。

落ち着いて、まだ一校だけなんだからと、自分自身に言い聞かせていたら、里子がコードレス掃除機を手に部屋へ入ってきた。

「ねえ藍」

「何？　今掃除は――」

「そうじゃなくて。下で掃除機かけていたんだけどね、これフンフンのじゃない？」

里子が差し出したのは、焦げ茶色の、細いもじゃもじゃとした毛の塊だった。

どう見ても、人間の髪の毛ではない。

「……フンフンだね」

「でしょう？」

毛の色といい、やわらかい質感といい、そっくりだ。

彼女がわざわざ持ってきたのは、誰のものかわからないというより、その量が多すぎるからだろう。いくらロングヘアのダックスとはいえ、フンフンは小型犬なのだ。自然な抜け毛で、ここまでの塊にはならない気がする。

「今って特に、換毛期とかじゃないわよね」

「ないはずだよ。フンフーン」

藍は回転椅子の上で、愛犬の名を呼んだ。

フンフンは、部屋の隅にある犬用ベッドの上にいた。長い胴体を器用に丸めて、下半身の毛繕いをしている。とても熱心にお尻や尻尾のあたりを舐《な》めている。

そして――その場でぶちりと毛を噛《か》み千切った。

「フンフン!」

里子と藍の悲鳴が、完全に重なった。

藍は、なお毛をむしろうとするフンフンを止めに走った。

フンフンは口の周りに自分の毛をつけたまま、きょとんと藍たちを見上げた。尻尾を左右に振るが、その尻尾のボリュームもずいぶん減ってしまっていた。

「どうしたのフンフン、お尻尾かゆいの?」

「お尻周りだけスムースになっちゃってるわねえ……」

いつからこうなっていたのだろう。今の今まで気づかなかった自分に、藍は唇を噛みしめた。

「――きたむら動物病院、行ってくる」

「今から?」

「今からだよ。またアトピー出てるのかもしれないし」

今日は土曜日だ。急げば午前中の診療時間に間に合うだろう。立ち上がって、いつもの通学用コートに袖を通す。

「いいわよ、藍。フンフンはママが連れていくから。あなた勉強忙しいでしょう」

「フンフンは、私の犬だから！」

つい強めに声が出てしまった。

何をやっているのだろう。こんなの、ただの不安と八つ当たりだ。

「……ごめんなさい」

「わかったわ。自分で連れていくなら、ちゃんと暖かくしていきなさいね」

優しい母に見送られ、フンフンを抱いて家を出た。


急ぎ足で向かった動物病院だが、藍が思った以上に混み合っていた。

駆け込みで診察券を入れ、長椅子で名前を呼ばれるのを待つが、かなりの長丁場になりそうな気がした。

（参考書持ってくれば良かった）

仕方ないので、フンフンを膝に乗せたまま、スマホの単語アプリを開いて少しでも覚えることにした。

画面に没頭したまま、どれだけ時間が過ぎただろう。

「三隅さーん。三隅フンフンさーん」

ようやく藍に順番が回ってきた。慌ててスマホをしまい、フンフンと一緒に診察室へ入った。

獣医師は、いつも担当してくれる熊ヒゲ先生だ。

「今日はどうされましたか、フンフン君」

「……なんだか尻尾のあたりを、むしろうとするんです。痒《かゆ》いのかもしれません……」

「おや尻尾を。ちょっといいですか」

今さらじたばたと暴れようとするフンフンを、診察台の上に乗せる。熊ヒゲ先生も慣れたもので、手早く毛がなくなった箇所を診てくれた。

「──うーん」

最後は難しい声で唸《うな》るので、悪い病気なのかと不安になったが、先生の見立ては少し違うようだ。

「特に皮膚の方に発疹《ほっしん》があったり、かぶれた感じはないねえ。これは湿疹《しっしん》でかゆいっていうより、ストレスでむしっちゃってる感じだねえ」

「え？」

「何か環境が大きく変わったとか、ありますか？　犬自身じゃなくて、ご家族の誰かでもいいんですが」

熊ヒゲ先生は、絶句する藍の目を見て尋ねた。

ストレス。環境の変化。

思い当たるものと言えば――。

「私が……」

喋《しゃべ》る喉が、ひどく渇いて引きつれる。握る指先が、他人のもののように冷たい。

「今ちょっと、受験であんまり構ってあげられなくて……」

「ああ、それはあるかもしれませんね。大好きな人がピリピリすると、犬もそれを感じ取りますから。感受性が強い子なんですね。本当にいい子だ」

熊ヒゲ先生は、いかつい顔ながら、優しくフンフンの首筋をなでた。

でも、そのせいで――。

藍が自分のことに思い悩んでいるうちに、同じ部屋で寝起きしていたフンフンまで不安にさせてしまっていたのか。そう思うとたまらなかった。

「受験なら、あと一息でしょう。終わったらたっぷり遊んであげてください」

「……はい。わかりました」

フンフンは、藍のせいで尻尾が禿げようが、早く帰ろうと藍に前脚を乗せてくる。藍は頭が真っ白になったまま、フンフンを抱いて診察室を出た。

（泣きたい）

しかしドアを開けた先の待合室で、信じられない人を見かけてしまった。

――鴨井心晴である。

彼は足下にペットキャリーを置き、受付で会計をしているところだった。

いったいいつ来ていたのだろう。藍が診察室にいた時か？　それとも単語アプリに集中しすぎて、気づかなかっただけか？

会いたくない、ととっさに思った。だって合わせる顔がない。

藍は彼に気づかれないよう、フンフンごと顔をそむけて受付の脇を通り、奥の長椅子に向かった。そのまま人の陰に隠れてじっとしていれば、やりすごせるはずと思ったのだ。

「わう！」

フンフンのバカ――！

この時ばかりは、愛犬を力のかぎりに責めてしまった。

獲物の発見を知らせるため、猟犬の声はよく通る。心晴どころか、待合室中の注目を浴びてしまった。

慌てて『静かに』と宥《なだ》めようとしても、遅かった。

「藍ちゃん？」

心晴が財布をデニムのポケットにしまいながら、振り返った。もうだめだ、見つかってしまった。

ペットキャリーを持って、彼が足早に近づいてくる。

「どうしたの。またフンフンの湿疹？」

「――来ないでください」

気さくな笑顔が、一瞬で固まった。

「あ、あの、すみません。今ちょっと、話してられなくて。本当にすみません」

藍はその目を見ていられず、うつむき加減に早口で言った。

「……今は無理？」

黙ってうなずく。

「わかった。それじゃあ、落ち着いたらまた後でね」

心晴はこちらを責めず、藍はただただ頭を縦に振った。

自分の会計が呼ばれるのを、長椅子の端に縮こまってじっと待ち、ようやく順番が来た時、待合室の中はほとんど人がいなくなっていた。

「ごめんね、フンフン。遅くなって」

動物病院を出て、真っ直《まっす》ぐに家路を目指した。

その時だった。

「――おーい。そこのお嬢さん」

駐車場の方から声がかかって、心臓が止まるかと思った。

閑散とした専用駐車場の端に、緑色のパッソが一台駐まっていた。そして心晴が、車体に背中を預けながら腕組みしていた。

「後で話そうって言ったつもりなんだけど。忘れちゃった？」

その顔に笑みはなく、真顔で詰問しているように思えた。

確かにそんな会話はしたかもしれない。でもＬＩＮＥでも良かったし、こんな時間まで待っていてくれるとは思わなかった。厳密に言えば、できるかぎり考えないようにしていた。結果として、無視に近いことをしてしまったのかもしれない。つまり――。

「俺、なんかやったかな。君に避けられるようなこと」

そんな言い訳の言葉を考えているうちに、心晴が藍のいる歩道までやってきた。

「……ちがいます」

藍はフンフンを抱いたまま、なんとか言葉を絞り出した。自分が泣かないようにするだけで精一杯だった。

「ただ私が、今は合わせる顔がないって思っただけです」

「なんで？」

「なんでって。自分が情けないから。悔しくて」

ついに涙がこぼれた。

「受験は共テから全然だし、そのせいでフンフンは尻尾がなくなっちゃうし、そんな時に心晴さんがいるなんて、どうしていいかわからないじゃないですか。タイミング悪すぎですよ……っ」

見なかったことにするぐらい、したっていいだろう。

ここに来て頭の中が、どろどろのぐちゃぐちゃだ。こんな言い訳にもならない泣き言をぶつけて、心晴もどう受け止めればいいかわからないだろう。きっと今度こそ呆《あき》れはてているに違いない。

「そこまで悩んでるなんて知らなかったよ」

「言ってないですから」

「そうだね。俺からすると、こういう時に相談の一つもされないのは、信用がないのかと思うよ」

驚いて顔を持ち上げると、心晴は眉間に皺《しわ》を寄せ、いっそう険しい表情になっていた。

「そんなことないです」

「じゃあ車乗ってよ。プー子を家に戻してから、ゆっくり話そう」

心晴に言われた通り、フンフンと一緒にパッソの後部座席におさまった。もはやそこに理由はないような感じだった。

助手席には飼い猫のプー子が入っているであろうペットキャリーがあり、心晴の手でシートベルトがかけられた。

「……プー子ちゃん、どうかしたのですか？」

「大したことないよ。ちょっと腹下し気味だったから、相談したんだ。フードの成分が合ってないから、戻して様子見だとさ」

「そうですか。治るといいですね……」

「もともと機嫌はいいし、食欲もあるから、そんな心配はしてない。というかさ――」

あらためて車が、駐車場から発進した。

「何事も健康一番ではあるけど、生まれてから風邪の一つも引かないなんて無理だよ。こういう時もあるって思わないと」

心晴のそっけなさは、車中でも変わらない。むしろ酷《ひど》くなった気もする。

「怒っていますか、心晴さん」

「まあ多少はね」

思わず唾を飲み込んだ。

「考えてみりゃ、俺だって気まずくて避けるぐらいのことはやったのに、いざやられると動揺半端ないわ。自分の大人げなさにびっくりだ」

とっさに自分を責めそうになるが、どうも心晴が怒っている対象は、藍ではないらしい。むしろ自分自身に腹をたてているのか――？

多少の渋滞に引っかかりながら彼のアパートに到着し、心晴がプー子のキャリーを持って部屋に入る。ここまでついてきた藍も、フンフンと一緒に入れてもらった。

「フンフンの尻尾がないってさ、どういうこと？」

「……自分で噛《か》み千切っちゃっていたみたいで」

カーペットにフンフンを下ろしながら、すっかり毛が減ってしまった尻尾のあたりを、心晴にも見せた。

「先生がおっしゃるには、家族のストレスがうつったのではないかと」

「ストレスねえ……」

向こうがどれと心配して手をのばしたとたん、フンフンは鼻息荒く後ずさった。

「だめだってフンフン」

「俺に心配されるほど、落ちぶれちゃいないってさ」

心晴は出した手を引っ込めて、苦笑いした。

暖房がきき始めた部屋の中で、あらためて事情を聞かれた。

「テストの件さ、迷った時俺に相談しようとは思わなかった？」

そこに藍を責める響きはなかったと思う。だから藍も、自分のせいで毛が抜けたフンフンを膝に乗せ、迷いながらも口を開いたのだ。

「……だってそれは……何かずるになる、ような気がしたから」

「ずる？」

藍はうなずいた。

たとえ心晴が他校の人だとしても、その知識を一方的に利用することになるのは嫌だったのだ。

優しい彼のことだ。予備校のチューターも知らない受験のテクニックや、勉強のわからないところも、聞けば懇切丁寧に教えてくれるであろうことは想像がついた。みなが自力で勉強している横で、特別に藍のためだけに。

でもそれをやってしまったら最後、もう今まで通りの関係ではなくなってしまう気がしたのだ。

「まさか俺が、先生やってるから？」

「私……特典とか見返りがほしくて、心晴さんとお友達になったわけではないのです」

「だからって……」

心晴は絶句に近い区切り方をした後、こらえきれないとばかりに笑いだした。

「ほんとに藍ちゃんは真面目だなあ」

「あと……もし相談して、『直接会おう』ってことになったら困るなって。今、ＭＡＸで太ってるから」

結果として、そのＭＡＸでどうしようもない状態で会うことになってしまったのだが。

こんな事態は想定していなかったので、髪は手入れもしておらずぼさぼさだし、すっぴんに薬用リップしか塗っていない。部屋着の上に急いでコートを羽織っただけの自分の格好が、急に恥ずかしくなってきた。

今さらながら髪を耳にかけ直していたら、心晴がひーひー笑い続けながら言った。

「そんなの関係ないよ。俺には全部可愛《かわい》く見える」

ぐちゃぐちゃの情緒にこれはきつい。壊れやすい心臓と一緒に、息も部屋の時も止まった気がした。

【鴨井プー子の場合】

それはプー子の時間感覚で、かなり昔の話だ。ある時、飼い主の鴨井心晴はプー子に向かってこう言った。

——いいかー、よーく聞いてくれよ。この海の向こうにはイギリスっていう国があってな、そこには『好奇心は猫をも殺す』ということわざがあるんだ。これは九つの魂を持つと言われる猫でも、過ぎた好奇心は身を滅ぼすという意味なんだ。何かやりたいことがあっても、すぐには飛びつかない思慮深さを持つんだぞ。

なんかそんな感じのお説教だった。こちらがお風呂の蓋に飛び移ろうとして、失敗した時に言われたのだ。その時はタオルで全身ごしごしされて終わったが、言わんとしていることは、プー子にもよくわかる。

(でもだめ)

(プー子やりたい)

きたむら動物病院から帰ってきたプー子は、さっきから気になってしょうがないものがあった。

ただいま家にはお客さんが来ており、人間のお嬢さんの膝に、犬が一匹のっている。胴とお耳が長い、ダックスフントと呼ばれる犬種だ。プー子のいる位置からは、はげちょろのお尻と尻尾がよく見える。

この尻と尻尾がもう──。

『えい』

『うわあ』

『ねえ。なんで尻尾ハゲてるの？』

後ろから尻尾に飛びついてみたら、ダックスフントがお嬢さんの膝から飛び降りた。

『なんなの君』

『プー子です』

きらきら可愛い顔で答える。

向こうはプー子をまじまじと見て、それだけでは信じられないのか、鼻でも身元チェックをはじめた。

（にゃー、くすぐったい）

でもこのダックスフントの匂い、初めてではない気がする。以前にも、この胴長さんにじゃれて遊んだ記憶がうっすらあった。

『……うわ。ほんとにあの時の子だ。ずいぶんと猫っぽくなったねえ』

『えへへ。それほどでも』

『前に会った時は、うみゃーとあぴゃーしか言ってなかったのに』

それは仕方ないだろう。最初は誰でも赤ちゃんなのだから。

しかしプー子も、この世に生を受けて五ヶ月になろうとしている。完全な成猫とは言えないが、早い子は恋も覚えておかしくないお年頃なのである。

『それでどうしてお尻尾ハゲてるの？』

『ハゲハゲ言わないでよ……色々あったんだよ』

『いろいろ？』

フンフンと名乗ったそのダックスは、横目で人間たちの方を見た。

人間のお嬢さんは、いったい何がそんなにおかしいのか、ころころと声を出して笑っている。心晴の顔も、今までになく嬉《うれ》しそうに見えた。

『……なんか悔しいよね。やっぱりあいつといると、藍ちゃん楽しそうな匂いがするんだ』

心晴もだ。ひたすらプー子の姿を愛《め》でて、褒めてご飯をくれる人間だと思っていたが、それに負けない人間の相手がいたとは驚きである。

「――待ってくださいい心晴さん。それは冗談ですよね」

「いやいや、こいつは本当だよ」

その心晴が訳知り顔に言う。

「オキシトシンってのは人間の体内で生成されるホルモンの一つでね、別名幸せホルモンとか愛情ホルモンとか言われてるんだ。親子の愛情の形成とか、人間関係の絆《きずな》を作る時に関わってくるんだけどさ、触れ合うことで増加するから、たとえば手元で柔らかくふわふわしたものを撫《な》でると、オキシトシンが増加してストレスが減ったりするわけだよ」

「確かにふわふわのものは、なでるだけで安心しますけど」

「毛布でもぬいぐるみでもいいけど、ペットの犬猫だったりするとね、なでられた方もオキシトシンが増えるんだ」

「犬も猫も？」

「そう。データが証明してくれてる。汝《なんじ》が犬をモフって癒《いや》される時、犬もまた汝にモフられることにより癒されているのである――」

藍がまた笑った。

オキシトシンなるものについて語るこの時間、一番親密で仲がいいのは、人間同士のこの二人のような気がした。

『でもまあ、なにごともセッドは大事だとおもうんだよね』

フンフンはそう言って後ろ脚で立ち上がると、ローテーブルに前脚をかけた。そして前より二人の距離が近くなったのを見計らって、

「わう！」

それはもう、両者ともびっくりして我に返ったようだ。

「なんだフンフン」

「大丈夫だよ、フンフンのこと忘れてないよ」

フンフンははげちょろの尻尾をふりふりしながら、己の存在を存分にアピールしてみせた。

『藍ちゃんは今とっても大事な時期だし、人間はボクらと違って季節で恋したりしないから、ちゃんと見張っててあげなきゃいけないんだ』

『なるほどお……フンフンはイヌなのに賢いんですねえ』

『……このナチュラルな上から目線……』

心の底から感心して言ったのに、フンフンは何やら複雑そうだ。

『あのさ……君。もしかして、キャロルって名前に覚えはある？』

プー子は小首をかしげた。首輪の鈴が、ちりりと鳴る。

キャロル。

『さあ。わかんないです』

『そう。そっか』

『でも……いいお名前ですね。なんだか懐かしいです』

不思議と初めて聞いた気がしない。

途中からあからさまにがっかりしていたフンフンだが、プー子が付け足したその返事を聞いて、少しだけ尻尾を揺らした。リアクションとしてはただそれだけ。どういう意味かは、ついぞ教えてくれなかった。けちんぼな先輩犬である。


【三隅藍の場合】


「それじゃまた息抜きしたくなったら、俺に声かけてよ」

「はい。ありがとうございます」

けっきょく藍がアパートに滞在したのは、小一時間ほどのことだ。振り返っても特に勉強の具体的な話をしたわけではなく、アドバイスらしいアドバイスを貰《もら》ったわけでもない。むしろ比重で言うなら、関係のない雑談の方がずっと多く、文字通りの『息抜き』としか言い様がない訪問になった。

楽しかった時間が終わると、最後は心晴の車で、家の近くまで送ってもらった。

「幸せホルモンを意識しよう」

「いっぱい撫でます」

腕に抱いたフンフンが、ワンと鳴いた。

「そうだぞ頼むぞ。おまえはほんといい番犬だ。じゃあね」

藍はそのまま、遠ざかる心晴のパッソを見送った。

確かにここ数ヶ月、根を詰めすぎてまともに笑ったことすらなかった気がする。今もう、すでに体が軽い。体重は重いはずなのに、不思議なぐらいだ。

（心晴さんてすごいな……）

家に帰ると、藍は自分の部屋のベッドに正座し、その横にフンフンを座らせた。

きょとんとした、葡萄《ぶどう》のように丸い瞳が藍を見上げてくる。これは藍のことを信じている目だ。決して思い込みなどではない。犬は人間に心を開くし、こちらの辛《つら》い気持ちを察して、人間以上に自分の心を痛めたりもする。

悲しませたくなかったら、自分も沈んでいてはいけないのだ。

「ごめんね、フンフン。寂しかったよね」

そっとその頭をなでながら、藍はフンフンに語りかけた。

「今ね、私は大事なテストを受けているところなの。やりたい勉強ができる大学に行くためには、このテストで合格しないといけないの。そのために、フンフンとお散歩したり遊んだりする時間が減っちゃっているの。でもね——」

ふわふわした温かいものを撫でると、心が安らぐというのは本当だと思う。

願わくばどうか、心晴が言うようにフンフンの心も安らいでくれますように。

次第にフンフンが目を細め、顎を藍の膝にのせた。

「うまくいってもいかなくても、一ヶ月以内に必ず終わるから。そうしたらいっぱい遊ぼう。私ね、フンフンと遊びたいよ」

ぎりぎりまであがいて勉強はする。でも、できるだけこまめに様子を見ようと思った。

こうやって頭をなでたり、話しかけたり。何事も思い詰めて行き詰まりやすい自分は、きっとその方が効率がいいはずだ。

フンフンが、なでられるうちに寝てしまったので、藍は抱えてベッドに移してあげると、自分の勉強に取り組むことにした。

まずは集中して、一時間だ。すぴすぴと寝息をたてるフンフンに手を振ってから、スマホでタイマーを設定した。


そうして時は過ぎ、二月の十八日に最後の一般選抜試験を受けると、藍の試験ラッシュはいったん終了となった。

「おかえりなさい。どうだった、手応えの方は」

「まあ……やるだけのことはやったと思う」

家に帰ってきて、防寒のマフラーを外しながら感想を述べる。

一応本命と言っていい大学と学部だったが、これよりランクの低いところでも不合格を貰っているので、大丈夫いけるとはとても言えなかった。

ただベストはつくした。今言えるのは、それだけだ。

「そうだお母さん。三月以降にも出願できる大学と、万が一浪人した場合なんだけど――」

「ああもう藍ったら、今日ぐらい頭空っぽにして休みなさい！」

キッチンの里子に、フライ返しをつきつけられた。

「そんなの明日考えたっていいんだから。願書は逃げない！　はい復唱して」

「がんしょはにげない……」

「そうよ。ママの特製ハンバーグが焼けるまで、そこのテレビに拳でも打ち込んでなさい」

「ゲームはいいよ……」

「あなたのぶんも登録したのに、全然やらないわよね」

余計なお世話である。

藍は制服にコート姿のまま、リビングのソファに腰をおろした。

フンフンが待っていましたとばかりに、足下に飛んでくる。藍は彼を抱き上げ、一緒にソファに転がった。

「フンフーン、とりあえず一段落だよ」

行き先はまださっぱりだが。

ひたすら尻尾を振り続ける犬の背中をなでながら、ブレザーのポケットに入れていたスマホを取り出す。

ゲームをする気にはならなかったが、しばらく封印していたSNSなどは覗《のぞ》いてみようと思った。

(あ、凪ちゃん。N女子受かったんだ。おめでとうだね)

何名かの友人の消息が、そこで判明する。加藤凪沙は二月の早い段階で、第一志望の女子大に合格し、以降はどこの大学も受けていないようだ。

こちらに声をかけてこなかったのは、きっと彼女なりに空気を読んで遠慮したからだろう。ああ見えて、大所帯の吹奏楽部を引っ張ってきた人だ。気配りができなければ生き残れない。今は強豪だという吹奏楽サークルの、入団オーディションや運転免許の取得に意欲を燃やしていた。

藍と同様、ぎりぎりまで試験を受け続けている子もいたが、国立狙いの子も含めて、滑り止め合格が一校もない人間はいないように思えた。

(そういう子は、スマホ切って黙ってるか……)

ここにいる藍のように。

ジロさんの飼い主、林真菜もインスタを更新していた。

共通テストの成績が良かった彼女は、周囲も驚くような大学から合格を貰った後、お休みしていたジロさんの散歩訓練を再開したらしい。最新の写真は、大きな公園の冬枯れした芝生の上で、リードをつけて休憩中のジロさんだ。

前に言っていた、断られた彼への再挑戦はどうなっただろうか。

ログをたどるか、直接メッセージを飛ばせば教えてくれるかもしれないが、そこまでするのもためらわれた。藍の方は、まだ結果も出ていないのだ。

他のフォロワーに混じって『イイネ』だけつけて、スマホの画面を閉じた。

「藍ー、ハンバーグ焼けたわよー。おいしくて昇天するわよー」

まずは自分のことをなんとかしないと。藍はフンフンと一緒にソファから起き上がり、キッチンへ向かった。

つかのまの休息時間、しっかり休まないとオキシトシンも出ないはずだ。

そして――。

「最近の合格発表って、大学に出向いて番号調べるわけじゃないのね……」

「そうだよ。Ｗｅｂで確かめられるの。今やってるからちょっと待って……」

「私の頃は、掲示板に模造紙ばさーで、番号があったなかったで万歳三唱とかあったけどねえ」

母に後ろからのぞき込まれながら受験番号を打ち込むのは、神経を使うし落ち着かないからやめてほしいと思う。足下は足下で、フンフンがなんの遊びが始まるのかとくるくる回っているし。

一年で一番短く、何よりも濃密だった二月も終わろうとしていた。藍が最後に受けた、大学の合格発表もこの日だった。

最後は目をつぶって、合否の照会ボタンをタップした。

「どう、お母さん。合格してる?」

「なんでママに聞くの」

「見えないからだよ」

「目を開ければすむ話でしょう」

「無理。お願い」

「エラーって書いてあるけど」

「嘘《うそ》」

慌てて目を開けた。どうやら数字を打ち間違えたらしい。赤面しながらもう一度同じ手順を繰り返した。

今度は目を閉じる余裕もなく、切り替わった画面がそのまま視界に飛び込んできてしまった。

「あ」

「ああ……」

　里子がため息をついた。藍は両手で顔を覆った。

　なんということだ。

「おめでとう」

　椅子に座った肩を、優しく叩《たた》かれた。藍はうなずくので精一杯だった。

　律開大学。現代心理学部。心理学科——合格。スタンドタイプのタブレット画面に、ピンクの桜が舞っている。

　他は軒並みアウトだったのに、第一志望だけ滑り込みとは奇跡としか言いようがなかった。

「フンフン、見て。やったよ」

「金沢《かなざわ》のパパにも連絡してくるわ」

　里子がいそいそと部屋を出ていった。藍も床を回っていたフンフンを抱え上げて、『合格』の二文字を見せてあげた。彼に意味はわからないだろうが、こちらの気持ちは伝わっただろう。藍はもう一度ぎゅっと愛犬を抱きしめた。

（そうだ。心晴さんにお礼言っておこう）

　平日なので、心晴はこの時間仕事のはずだ。ＬＩＮＥに『律開大合格しました』とだけ、報告を入れておいた。

自分のSNSにも、ギリギリ志望校に受かったことを書き込んだら、友達から祝福の声が沢山届いた。

そして夜になり、LINEを見たらしい心晴から、興奮気味の電話がかかってきた。

『おめでとう！　マジでおめでとう！』

勢いこんだ声音に、藍も胸がいっぱいになった。

「ありがとうございます。心晴さんのおかげです」

『何言ってるんだよ。全部自分でやりきったじゃないか』

そうじゃないのだ。全部自分でやりきるための、気力の問題なのだ。

藍はベッドの上で、スマホを握りしめた。

「今回は本当に……苦しい時は、心晴さんの言葉を思い出して乗り切ったんです」

『ああ、犬モフったんだ』

励ますよりも気持ちを軽くしてくれた。切り替える方法があることを知った。あれがなかったら、失敗を引きずって次の試験でも潰れていたはずだ。

自分の中で、この人の存在が大きくなってきているのを、認めないわけにはいかなかった。

『合格祝いさせてよ。何がいいか考えておいて』

「いいんです。私――」

『いやあ。生徒でもそうじゃなくても、受かった話はめでたくて気分がいいね』

心晴が明るい声で喋《しゃべ》っている。

藍は、いったん冷静になれと言われた気がした。

そう、心晴にとってはこんなこと、何度も経験があることかもしれない。

スランプで調子を崩した生徒なんて、今までにも沢山いるだろう。それをなだめて落ち着かせるのも、心晴の仕事だ。職業柄よくあるケースで、それに沿って慣れた対応をしただけで、決して勘違いをしてはいけない。わかっている。

でも、藍にとっては初めてで、本当に嬉《うれ》しかったのだ。

(好きです。大好きです)

駄目と言っても、この人に恋をしてしまうぐらい。

よっつめのお話　春告げ鳥と門出の日、そして

【三隅《みすみ》フンフンの場合】

フンフンは再び、絢爛豪華《けんらんごうか》な犬のお城にいた。

例の赤いマントを羽織ったパグ犬の王様が、謁見の間の玉座から声を張り上げる。

「勇者、フンフンよ！」

なんですか王様。今日も鼻息荒いですね。

「こたびの受験戦争、よくぞ生き残った。褒めてつかわそう」

「はあ……」

「テンション低いの。聞いておるかね、勇者よ」

「聞いてますけど……」

夢に突っ込んでも、仕方ないのかもしれないが。フンフンはお座りをしたまま、後ろ脚

でがしと耳の裏をかいた。

「いまいちこう、設定がわからないと言いますか」

「設定」

「今回がんばったのは藍《あい》ちゃんですし、ボクは大したことしてないような気が……」

「無論、そんなことは承知の上！」

「上なんですか」

「さよう。これは嵐が過ぎ去ったものと油断する、そなたを戒めるためである！」

ええ？

王様はフンフンに、骨形の王笏《おうしゃく》を向けた。

「よいか勇者フンフン。これから一つ、そなたたちの身に波乱が起きるやもしれぬ。犬として飼い主を支え、警戒を怠らず、『ないすあしすと』を狙うのだ！」

「ええ……？」

戸惑うフンフンの両脇に、人間が近づいてきた。例の藍にそっくりの女官と、心晴《こはる》にそっくりの侍従だ。

「ささフンフン様」

「お目覚めの時間です」

いやちょっと、待ってよ。ねえ。波乱って何。何をアシストするの。

女官に抱え上げられたフンフンは、今さらながらじたばたと暴れた。

「健闘を祈るぞ、勇者フンフン。ラッキーアイテムは亀甲文様と安納芋である！」

「こちらへどうぞ」

「待ってって。王様！」

侍従がうやうやしく、広間のドアを開けた。まばゆい光がさしこんできて、フンフンの目を灼《や》く。

待ってよ犬の王様――っ！


『…………ええ？』


そして目覚めたフンフンが見たのは、いつもの二階にある寝室で。

フンフンはお気に入りの犬用ベッドで、逆さまになってねじれていた。

「おはようフンフン。今日はおでかけだよ――」

飼い主の藍が、パジャマから私服に着替えながら、にこやかに声をかけてくる。

『ええ……？』

（本当にヘンな夢だった……）

藍が宣言した通り、フンフンは朝から車に揺られていた。

運転席でハンドルを握っているのは、お城のドア係ならぬ鴨井《かもい》心晴で、藍はフンフンを抱いて助手席に座っている。

そう助手席。いつもなら後部座席の反対側が彼女の定位置なのに、今日はずいぶんと距離が近い。

「天気良くてよかったね」

「はい、本当に」

受け答えをする藍の頬は、特に目立ったお化粧をしているわけでもないのにほんのり赤くて、そこいらじゅうにふわふわした空気を醸し出していた。

「でもさ、いいの？　合格祝いが公園行きたいって」

「いいのです。ただの公園ではなくて、秋ヶ瀬《あきがせ》公園ですから。前に、汰久《たく》ちゃんたちとだけで行ってしまったでしょう」

「あれね。恨まれてたねそういえば」

「私は一人で模試を受けていたのです、その時」

可愛《かわい》らしく拗《す》ねてみせる藍に、心晴が運転しながら苦笑した。

「んじゃあ、確かに合格祝いにふさわしいか」

「フンフンの埋め合わせもしてあげたいのですよ。約束しましたから」

藍はこう言うが、半分は心晴とのドライブのだしに使われている気がしないでもない。

荒川《あらかわ》を越えて国道を走っていた車が、下道に降りる。行き先は河川敷《かせんじき》近くに広がる緑地帯で、整備された駐車場の一角に、車を駐めた。

フンフンも地面に下ろされる。リードはいつも使っている反射素材を織り込んだものではなく、伸び縮み自在のリールタイプだった。

「さあフンフン、今日はいっぱいお散歩ができるよ」

同時に後部座席のドアも、バンと勢いよく開いた。

「だーもー、狭い狭い狭い狭い狭いめちゃくちゃ狭い――っ！」

断末魔に近い絶叫とともに、長身の少年と超大型犬が飛び出してくる。

「狭い、狭い、狭すぎる！　口開けるとカイザーの毛が入ってくるんだけど。ぺっぺっぺっ」

『しょうがないじゃないの、私も大きければ坊《ぼん》も大きいんだから』

「足動かせないの拷問だって」

カイザーが、抗議する汰久をおっとりとなだめている。

今日は珍しく藍が助手席にいたのは、後ろにこのコンビが同乗していたからだ。ともすれば気の早い春の空気に流されやすい昨今、フンフンは彼らの存在が頼もしいとすら思った。

【三隅藍の場合】

志望校に受かった時、合格祝いは何がいいと訊《き》かれたので、みんなで大きな公園に行きたいと希望を言った。心晴は約束を守ってくれ、三月に入って最初の週末、藍はフンフンや汰久をともなって秋ヶ瀬公園にやってきていた。

ここはさいたま市の桜《さくら》区にある、県営の森林公園だ。荒川左岸と鴨川《かもがわ》の右岸に挟まれた調節池の中にあり、広大な敷地《しきち》に自然豊かな水場や緑地、市民のための運動場、バーベキュー施設などが整備されている。

野鳥の保護エリアは、バードウォッチングのスポットとしても有名らしい。広い雑木林の中に複数のため池が点在していて、池沿いの散策路を犬連れで歩いていると、落葉した葉を踏みしめる足音と、鳥の声しか聞こえてこない。ここが埼玉の県庁所在地であることを、一瞬忘れてしまいそうになる静謐《せいひつ》な場所だ。

「調節池にあるっていうのはさ、ようするに増水した時に水を遊ばせておく場所なわけだよ。台風なんかでそこの川から水が溢《あふ》れた時は、このあたりが真っ先に水に沈むようになってるんだな」

「さらっとこえーこと言うなよコハル……」

「治水は都市計画の基本だぞ。おかげで百万都市でもこういう自然も残せてるんだ。あれ、アオジだ」

樹上の鳥に双眼鏡を向けていた心晴が、木立の間を指さした。

「どれ」

「あのくぬぎの先端だ。双眼鏡使ってみろよ。スズメよりもちょっと大きめの鳥がいるだろ」

「……あー、いたいた。でも別に青くなんかないぞ」

「昔の青と今の青の認識は、だいぶ違うからな。アオバトやアオゲラなんかもそうだけど、羽が暗めのオリーブがかった色してるだろ。それが当時の青なんだ。汰久が今見てるのは、オスのアオジだな」

「うおー、かっけー。動くフィギュアだ」

「藍ちゃんも見てみる？」

「は、はい」

さりげなく気にかけられ、藍は今さらのようにどぎまぎとしてしまった。

この『好き』が恋の一種だと自覚したところで、急に変わった態度を取るわけにはいかないのだ。できるだけ平常心で接しているが、近くにいると思わぬ角度で意識してしまうことがたびたびあって、かなり困った。

汰久に続いて借り受けた双眼鏡で、言われた方角を見てみた。

最初はレンズの視界に目が慣れるのにやや苦労したが、この時季は枝に葉が少ないので動くものがわかりやすい。狭いスコープに見慣れぬ鳥が大写しになると、余計な雑念など吹き飛んでしまった。

（いた）

スズメに似たシルエット。暗緑色の頭部に、黒い隈《くま》取《ど》りと黄色い小ぶりなくちばしが藍の目にもついた。縦に斑《まだら》が入った茶褐色の翼と、淡い黄緑色の腹部の対比が本当に美しい。

汰久が言うとおり、神様が丹精込めて作った精巧なフィギュアのようだ。

警戒心の強い小鳥らしく、造形美の塊のような姿で、周囲をきょろきょろと警戒している仕草も愛らしかった。

双眼鏡から目を離すと、ずっと遠くに幹が見え、レンズの力というものにも驚いた。

「見えました私にも」

近所にはいない、貴重な鳥だ。興奮気味に報告すると、心晴は微笑《ほほえ》んだ。

「アオジは漂鳥なんだよ。先月だったら、ツグミとかの冬鳥も見られただろうな。ちょっと遅かったか」

「漂鳥……？」

口惜しそうに言う心晴の言葉の方が、藍には初耳だった。

「渡り鳥とは違うんですか？」

「うーん。漂鳥ってのはね、海を越えて旅をする鳥より、小規模の移動をする鳥のことだよ」

なんでも季節によって山と平地の間を移動したり、北日本からここ関東に移動したりするタイプの鳥らしい。アオジは夏に山で繁殖して、冬にこういう平地に降りてきて越冬するのだそうだ。

「似たような性質の鳥だと、そうだな……ウグイスとかルリビタキとか」

「え、ウグイスって、あのホーホケキョの？」

「そうだぞ。ただし汰久、うぐいすあんパンの色した鳥を想像するなよ。あれはウグイスじゃなくてメジロだからな」

確かに。藍も一瞬想像しかけたが、慌てて修正した。

本来のウグイスは、エンドウ豆の餡《あん》の色とはほど遠い、茶褐色の鳥なのだそうだ。昔の人が梅に集まるメジロを、ホーホケキョの声の主であると混同したことから、こんなややこしいことになってしまったらしい。

「もう面倒だからメジロ餡にしちまえばいいのに」

「競走馬じゃないんだから」

「でも言われてみれば、春以外にあの鳴き声って、聞いたことないです」

あれはウグイス自身が、移動していたからなのか。

心晴は藍から双眼鏡を受け取り、池の向こうにレンズを向けた。

「ウグイスもさ、別に最初からうまく鳴けるわけじゃないんだよ。人里に下りてきたばかりの秋から冬頃は、いわゆる『ホーホケキョ』じゃなくて『チャ、チャ』って感じでさ。それが春先になるとだいぶうまくなって、お見事『ホーホケキョ』がかませるようになるわけ」

そして繁殖期に入ると、ウグイスは美声を引っさげ山に帰る。その頃山に行けば、春でなくともあの鳴き声を聞くことができるのだそうだ。

「心晴、けっこう鳥に詳しいのな」

「おお。名前もまんま『カモ』だからな」

双眼鏡を覗《のぞ》きながら、心晴は率直に認めた。

「たぶん家に猫がいなけりゃ、十姉妹《じゅうしまつ》か文鳥飼ってただろうな」

「猫ちゃんがいると、厳しいですよね……」

何せお猫様は、常に出し入れ自在の爪を磨く天性のハンターである。

「生物部の生徒と、池に来る野鳥の観察会とかもしてるし、好きな方だとは思うぞ——」

——ホー、ホケキョ。

不意に響いた鳴き声に、藍たちははっとして顔を上げた。

「今の」

「聞こえました」

初めの一音は低くたっぷり空気を含み、そこから高らかに響くソプラノの歌。

まさしく春を告げる音だ。

「お見事」

心晴が双眼鏡をおろし、愉快そうに口の端を引き上げた。

その後は皆でウグイスの本体を探したが、残念ながら聞こえてくるのは美声だけで、木々の間にひそむ姿を見つけることができなかった。

「大変無念です……」

「声はあっちこっちでするのにな」

「野生なら見つからない方が正しいんだよ。次があるって」

きっとあの森の中ですれ違った、バズーカ砲のような大型カメラレンズを構える野鳥写真家さんたちなら、ウグイスの本体どころか、くわえる毛虫もばっちり捉えて激写するに違いない。

「なあコハル。オレさ、今日はカイザーの新しい芸を披露してみたいんだけど」

切り替えの早い汰久少年が、唐突に言だした。

この外見と中身が釣り合わないコンビ、常に新作の研究に余念がないのである。

「いいじゃないか」

「見せてよ汰久ちゃん」

「じゃ、もっと広いとこ行こう」

野鳥の保護エリアを出て、芝生の広場まで移動した。

「コハル、カイザーのリード持っててくれるか。そう、リールのストッパー外して、紐《ひも》の範囲で好きに動けるようにしてやって」

藍たちは、開けた芝生にしゃがんで、見物に回った。

汰久は背負っていたリュックサックから、サッカーボールを取り出すと、その場に置いた。数歩下がる間に、いつになく真剣な顔になる。こういう時の汰久は、おバカ全開の中一男子であることを一瞬忘れそうになるから困る。

「コント、接待フリーキック！」

いったい何が始まるのだ。カイザーの反応は早く、宣言と同時に芝生を走りだす。そして汰久から五メートルほど離れた距離でぴたりと止まり、ボールを挟んで汰久と相対した。

汰久は「ぴぴー！」と自分で笛の音真似《まね》をし、静止したボールに歩み寄ると、勢いよく蹴りつけた。

カイザーが、向かって右に飛ぶ。しかし残念、汰久が蹴ったボールは真逆だった。架空のゴールポスト左上部にボールが突き刺さり、カイザーはがっくりと地面に倒れてうなだれた。汰久は「ごおおおる！」と歓喜の雄叫《おたけ》びをあげた。

「すごい、すごいよ。カイザーも次は止められるよ。スーパーGKだよ」

「甘いな、アイも。これは必ず外すのまでがお約束なんだって。接待だから」

「おまえは飼い主としてのプライドはないのか……」

犬に忖度《そんたく》を強いることに、心晴が疑問を呈した。

「だってガチのＰＫ戦は、もう覚えてるし」

「本当にカイザーは優秀だな……」

芝生で『がっくり』の演技をしていたカイザーが、元気に起き上がった。得意げに尻尾を振っている。

「どっちにしろ、ボール蹴りっぱなしはまずいよ汰久ちゃん」

「あ、それはやばいね」

「いいよ、私取ってくるから」

フンフンの運動にもなるだろう。

藍は転がっていったボールを追いかけ、「行くよ」とフンフンを促した。

目当てのサッカーボールは、公園の広大かつなだらかな芝生を点々と転がり、背の高い木の間を縫って、歩道にまで達していた。

「見てフンフン。あんなところにある」

途中の池に落ちたりしなくてよかったが、肝心のボールはまったく知らない犬に、くんくんと匂いをかがれてしまっていた。

（だ、だれ？）

ちょうど柴犬《しばいぬ》を一回りほど大きくした感じの雑種犬で、少しぼさぼさしたベージュの毛並みや、半分だけ折れた耳も味があって可愛《かわい》らしい。しかしそういう問題ではないだろう。何しろその犬、首輪とリードだけつけていて、人間のご主人がいなかった。

「ど、どうしよう。君、どこから来たの？　ご主人様置いてきちゃったの？」

見知らぬワンちゃんは、足下に汰久のサッカーボールを確保したまま、藍たちに向かってワンと吠《ほ》えた。

そんな全力で所有権を主張されても、そのボールは汰久のものなのである。

どうしたものか。飼い主はどこで何をしている。藍がおろおろと対応を図りかねていると、「すみませーん！」と声が響いた。

歩道の先から、息せききって人が駆けてくる。長い髪をポニーテールに結んだ、パーカーにデニム姿の少女だ。恐らく藍と同年代だろう。

よかった、きっと飼い主だ――。

「すみません、リードすっぽ抜けちゃって。だめでしょジロさ──あ」

向こうが途中で気づいたように、藍も気がついた。

「三隅さん!?」

「林《はやし》さん!?」

やってきたのは、あの林真菜《まな》だったのだ。

「嘘《うそ》。どうして三隅さんが」

「林さんこそ」

「私はジロさんの散歩してて」

ノーリードというより、リードフリーになってしまっていたジロさんの引き綱を、真菜はあらためて右手に絡めてつかみ直した。

「ここなら、近所の車通りが激しいところよりも、指示が通りやすいから。練習のため」

「そうなんだ……」

「休みの日とか、早い時間に親の車で連れてきてもらってさ。まだまだ興奮する時もあるけど。ほんとごめんね」

藍は真菜が話す間、ちゃんと真菜の脇についていられるジロさんの姿に、感慨深くなってしまった。きっとここまで、沢山練習したのだろう。

藍はその場にしゃがんで、目線を低くした。

「君がジロさんなんだね。はじめまして。三隅藍です」

ジロさんは、藍の足下にあるサッカーボールが気になるようだが、今は自分のものではないとわかっているようなので、お利口さんだ。

真菜のSNSに上げられていた一連の写真と、実物はまた少し雰囲気が違う感じがする。でも言われてみれば、背景は秋ヶ瀬公園らしい景色が多かった。

真菜もまた、藍の飼い犬に目を細めた。

「フンフン君って言ったよね。いつも可愛い写真と動画、見てるよ」

褒められたのがわかったのか、フンフンは頭を真菜の脛《すね》にすりつけ、尻尾を千切れんばかりに振った。

「林さんが好きみたい」

「あああ、めっちゃかわゆい」

真菜はクールな外見に似合わぬ、黄色い声をあげた。

「確か三隅さん、家は川口《かわぐち》だったよね。こっちまでよく来るの?」

「あ、うん。今日は知り合いの人と――」

「おーい藍ちゃん!」

視線を背後に泳がせたら、まさしくここまで車を出してくれた心晴が、こちらに向かって歩いてくるところだった。

「大丈夫？　ボール見つかった？」

心晴は歩道の藍が、真菜と立ち話中であることに気づき、そこで――不自然なほど顔色を変えた。

（え？）

藍も訳がわからず真菜を見返すと、その真菜も固まっていた。まるで幽霊か妖怪にでも会ったかのように、その場に立ち尽くしたまま心晴を凝視している。

「林……」

「鴨井せんせー」

――先生？

「え……もしかして、知り合いなの？」

一緒の学校？　美園《みその》学院なのか？

だが明らかに、さきほどの『偶然の再会』とは空気が違った。藍の時と違い、お互いにまったく喜んでいないような。

特に真菜は、最初の衝撃が過ぎ去った後、皮肉たっぷりに口の端を歪《ゆが》めた。

「知り合いも何も……へー。せんせーったら、藍ちゃんなんて呼んでるんだ」

「林。おまえ変な誤解してないか」

「誤解？　誤解って何？　わたしの時はもっともらしい理由つけて断ったくせに、けっきょく高校生とつきあってるんじゃん！」

その目に涙がにじみだした。

「林さん。私、別につきあってるわけじゃ」

「三隅さんもだよ。どんな顔して人のインスタにコメントしてたわけ？」

「林さん！」

「ジロさん、行くよ！」

真菜は藍の話を打ち切り、きびすを返して走りだした。

「待って！」

藍もフンフンをともない、その背中を追いかけた。


公園内を走っているうちに、息があがってくる。お互い愛犬を連れての駆け足で、フンフンも胴長短足の小型犬ながら、活動量はある狩猟犬だ。本気で走ろうと思えば意外に走る。

（ドッグランで、逃げられると捕まえられない時あるし）

トップスピードにのった時は、最速の犬種ウィペットには遠く及ばないものの——なんとかの犬は時速六十五キロも出るらしい！——まじめに走る藍よりずっと早く移動する能力はあった。

フンフンでこれなら、体の大きい中型犬であるジロさんは、なおさらよく走るだろう。後は人間同士の走力と体力次第だと思っていた。

「ちょっ、何やってるのジロさん！」

しかし、藍たちが池のほとりに差しかかった時、前方を行くジロさんに異変が起きた。いきなり全力で踏ん張られて、真菜がつんのめった。

ジロさんは、池を出て歩道で甲羅干し中の、クサガメに心を奪われてしまっていた。真菜がリードを引っ張っても、全身で拒否。毛皮に首輪がめりこもうがなんだろうが、がんとして動こうとしない。

——亀が気になるか、ジロさん。気持ちはわかる。

大変申し訳ないが、その間に追いつくことができてしまった。

「林さん……」

「ほんとにもう……全部が嫌……」

真菜は亀の匂いをかぐジロさんとともに、歩道にへたりこんで嘆いた。

フンフンもまた、甲羅だけで二十センチ級のクサガメの存在に恐れおののき、ジロさんの反対側から警戒の姿勢を取っている。

藍も息切れしながら訴えた。

「お願いだから、話を聞いて」

「話すことなんてない」

「あるの私が。私ね、本当に林さんがこは……鴨井さんの教え子だなんて知らなかったの」

まして真菜が好きな人が、心晴だなんて。

彼女の口から学校名を聞いた時、心晴の勤務校だと気づけば良かったのかもしれない。知り合いがそこで先生をしていると言えば、真菜も話にのってきただろう。ただ、そうならなかったことに他意はなく、決して知っていて黙っていたわけではないのだとわかってほしかった。

「……教え子ってほどじゃない。直接授業を受けたことはないし」

真菜がぽつりと呟《つぶや》いた。

「でも学校は」

「生物部に入ってたって、前に言ったよね。高等部に上がった時に、顧問が変わったの。定年退職したおばあちゃん先生のかわりに、大学出たての『せんせー』がうちらの顧問になった。それがあの人」

では、部活の顧問と部員の関係か。

色々な活動をしたと、心晴自身も話していた。

「正直部活なんて、課題やテストの邪魔にならなきゃいいぐらいに思ってたけど、そんな考え変わるぐらいに楽しかったの。ずっとずっと好きで、告白もしたけど全然相手にされなくてさ。今回わたしにしては上出来なとこに受かったから、あらためてお願いしたのよ。そうしたらやっぱり駄目だって言われた。林は高校生で、生徒は対象外だって」

真菜が自分の体験を話しているはずなのに、自分自身がノーと言われている気がして胸が痛んだ。

「その顔、ほんとに何も知らなかったみたいだね」

彼女は苦く笑ってみせる。

「でも偉そうなこと言っといて、けっきょく隠れてＪＫとつきあってるんじゃん。ふざけてるよあいつ……」

「それは……やっぱり林さん誤解してるよ」

涙声で鼻を鳴らすから、藍は真菜のために口を開いた。

「鴨井さんは私と会った時からずっと、私のことは友達だって言って接してきたよ。どんなに優しくても、そこの線はちゃんと引いてるの。今日だって汰久ちゃんやカイザーと一緒に来てて、そうじゃなきゃつきあってなんてくれないと思う……」

真菜が無言で藍を見上げた。

今までで一番フラットな——強いて言うなら可哀想《かわいそう》なものを見る目だった。

「三隅さんはそれでいいの？」

いいか？　悪いか？

すぐには答えられなかった。

「しょうがないよ」

かろうじて言えたのは、そんなどうにでも取れる曖昧な返事だけで。自分でも信じられなかった。友達になろうと言われて、あれほど喜んだ自分はどこに行ってしまったのだ。

真菜が目を細めた。

「そう。やっぱあの人ずるいよね」

日向《ひなた》にいた亀が、いつのまにか池の中に帰ろうとしていて、歩道の犬たちはそろって名残惜しそうにしていた。

彼女と別れてからも、言われた言葉がずっと頭の中を回り続けていた。


「汰久ちゃん！　心晴さん！」

藍がフンフンとともに芝生の出発点まで戻ってくると、サッカーボールを椅子がわりにしていた汰久が立ち上がった。心晴もすでに合流していたようだ。

「ごめんね、遅くなって」

「いいけど。なんかアイの友達がいたんだって？」

心晴は汰久に、藍が戻らない理由をそう説明したようだ。

藍はうなずくと、あらためて心晴の顔を見た。

お願いだから、そんなに心配そうな表情をしないではしいと思った。大丈夫、あなたが不安に思うようなことは何もないから。

「予備校で仲良くなった子なんです。例の保護犬の……」

「そっか。世の中意外に狭いな」

彼は今、そのちまたでよくあるフレーズを、心から嚙《か》みしめているに違いない。藍も同意である。

ここに来るまで、何度も何度も、何をどう言おうかシミュレーションした。藍はまず手始めに、にっこりと笑った。

「ちゃんと説明して参りましたよ。私と心晴さんもお友達ですよって。林さんも今は気持ちが残って辛《つら》いかもしれないですが、誤解は誤解ですから」

ただあれだけ欲していた『友達』の二文字を口にするたび、胸の奥が勝手に痛んで、それを無視するのが少し辛いだけだ。

最初はお友達でも嬉《うれ》しかったくせに。贅沢《ぜいたく》者め。

「心晴さんは、やっぱりもてるのですね」

「あー、藍ちゃんまでやめてくれ。うちの学校じゃ男の新卒が珍しくて、ちょっかいかけたかっただけだろ」

そうだろうか。真菜も本気だったはずだ。藍と同じぐらいには。

変わってしまったのは、たぶん他でもない自分自身だった。

【鴨井心晴の場合】

まったく――どうしてこうなった、だ。

吐く息が全て白くなる、休日の朝。街角を自転車で走れば、紅白の梅や寒桜にかわり、コブシや白木蓮《はくもくれん》が咲きだした。

心晴は開店直後の『Café BOW』で、頼んだ朝食が来るのを待っていた。

ウッドデッキのオープン席にいるのは、心晴の他には看板犬のヨーダぐらいだ。朝っぱらから辛気くさい顔をしている心晴を、上目遣いに一瞥《いちべつ》してからまた居眠りをはじめた。

こういう犬を見ていて思い出すのは、先週の一件だった。

（まさか林と藍ちゃんが知り合いだったとはね――）

勝手にため息が出てくる。

藍が志望校に受かった合格祝いで、汰久や彼らのペットも一緒に、秋ヶ瀬公園まで行ってきたのだ。犬の散歩をかねて野鳥を探し、開けた広場では犬も人間も運動をし、途中まではしごく順調だったが、藍が職場の生徒と遭遇した時から歯車が狂ってしまった。

林真菜は、教師の視点で見れば要注意な生徒だった。特進クラス所属で成績はいいが、心晴たち大人をからかったり、それが通用しないとむきになって執着する面があった。これは心晴自身が若造で、未熟なせいもあるだろう。告白の真似事《まねごと》も何度かされたが、もちろん本気にはせず受け流してきた。

教師として、間違った対応をしたとは思っていない。藍は真菜からどんな話を聞いたか知らないが、広場に戻ってきてからの態度は、終始よそよそしいものだった。かと思えば林真菜との仲を、彼女らしくない言葉であてこすってみたり。こう説明するとまるで焼きもちでも焼かれているようだ。

向こうに誤解があるなら解きたいと思うが、三隅藍とは、あくまで良《い》い友人関係を築いてきたつもりである。こちらからわざわざ言い訳や申し開きをするような仲なのか？　その迷いが、心晴に次の行動をためらわせていた。

「……いやに真剣だと思ったら、キャットタワーの通販ですか」

店主の加瀬《かせ》が、注文の品を持ってやってきた。

心晴が手元でいじっていたスマホの画面が、肩越しに見えたようだ。

本当は考え事に夢中で、画面の内容などほとんど上の空だったが、話に乗ることにした。心晴は笑った。

「ええ、そうなんですよ。今、新しいのを探しているところで」

これ自体は、決して嘘《うそ》ではない。年度末の忙しさにかまけて、ほぼ野放しのままケージや棚の上を好きによじ登らせてきたが、いい加減プー子の体も大きくなってきた。何より嚙み癖が強烈なので、タワーの運動で少しでも発散してもらいたいのだ。

「選びだすと、色々あるから迷いますよ。シンプルな突っ張り式か、多機能の据え置き型かとか」

「壁一面にステップ設置している家もありますよね」

「あれはマジで憧れます」

賃貸住宅でもできるＤＩＹ動画は、心晴もちょくちょく漁《あさ》ってお気に入りに入れているぐらいだ。自然と話題はそちらに移った。

「ま。なんにしろうちの猫破壊神様に、カーテンレールを破壊される前になんとかしないとですね。それじゃいただきます」

「ごゆっくり」

加瀬が去っていく。

例によって品書きすら確認しないで頼んでしまったが、本日の日替わりモーニングは、スープとサラダがメインのようだ。角切りのバゲットと、チキンがふんだんに入ったボリュームサラダ。あさりのクラムチャウダー。さらにはドリップのコーヒーもついてくる。

まだまだ寒い朝には、嬉しいセットだ。忘れかけていた食欲が蘇《よみがえ》り、さっそく食べることにした。

辛めのマスタードがよく利いたフレンチドレッシングを、サラダに回しかける。大ぶりのバゲットとサラダチキンのおかげで、野菜が主役と言ってもかなりパンチがあって食べ応えがある。スープの方も、器は小ぶりながら具だくさんかつ濃厚で、サラダのバゲットを入れて食べても満足感があった。

行儀が悪いと思いながらも、右手でフォークを動かしながらスマホの検索を続けていたら、左の脇腹あたりから巨大な鼻面が覗《のぞ》いた。

（うおう）

ふがふがと、大型犬特有の熱い鼻息も感じられる距離だ。

あらためて見なくてもわかる。顔を出したのは、白黒茶の三色に染め分けられたバーニーズ・マウンテンドッグ。機嫌良く大きな口を開け、よだれだらけの舌を出し、『おはようございます。おいしそうなもの食べてますね』と言わんばかりだ。

「カイザー……俺も多少慣れてきたとはいえだな、予告なしで出てこられるとびびるんだが」

それでも決して人間の食べ物や、心晴自身にちょっかいを出さないあたり、蔵前《くらまえ》家のしつけの良さがうかがえた。

飼い主の汰久は、後ろでカイザーのリードを握ったまま、むっつりへの字口でこちらを見下ろしてくる。

「……コハルのくせに、うまそうなの食べてるじゃん」

「汰久。これおまえにも言ってるからな。せめて挨拶ぐらいしろよ」

「そこ座ってもいい？」

聞いているのか、この小僧。図体《ずうたい》ばかり大きなマイペース少年は、勝手に向かいに回って腰をおろしてしまう。

仕方ない。加瀬が来たら、飲み物ぐらいは注文してやろうと思った。

「悪いね、来たのアイじゃなくて」

「汰久には関係ないだろ」

「関係ない、ね。大人はみんなそう言うんだよな。これは知らなくていいとか、まだ早いとか。隠したいならちゃんと隠せよ。半端に小出しにされると腹立つんだけど」

キャップを目深にかぶったまま、低い声で吐き捨てられた。

いつになく辛辣な蔵前汰久である。

おかげで心晴も、フォークとスマホを置き、正面から彼の話を聞こうという姿勢にならざるをえなかった。

「先週の件か？」

「それわざわざ聞くか？　バカにするなよ」

やっぱりか。

彼も同じ現場にいたのだ。何かしら感じるものはあったのかもしれない。

「アイはさ……こっちに引っ越してきた時はおどおどして暗かったけど、フンフンのことはすげえ大事にしてるし、オレがバカなことしたら本気で怒るし悲しむ。わかるんだよそういうの。いいことあったら真面目に喜ぶしさ。あのバカ真面目で正直なとこ、下手な年上連中より信用できると思ってた……」

「そうだな……」

汰久に初めて会った時、彼は知らない男から藍を守ろうと、棘《とげ》だらけだったことを思い出した。

「そーいうアイがだよ、歯にものが挟まったみたいにもだもだしだすのがあんたのことなわけよ。アイは丸く収まったみたいなこと言ってたけど、あれ絶対納得してないだろ。コハルも関係してるのに見ないふりしてる。端から見てるとすっげ気持ち悪いんだよ。コハルはアイのことどう思ってるんだ？」

大人に対してストレートで、攻撃するくせに反撃されることには敏感で。こういう青臭さを煩わしいと思う一方で、まぶしく思わなかったら教職になどついていない。

（どう思ってるかって？）

適切な距離感と清潔感。この二つの『感』が、成人男子がクズな本音を隠して生きるための必須項目だという。心晴は信じてずっと守ってきた。三隅藍はいい子だ。誠実でひたむきで、キャロルの通院とクラス運営に疲れた時の癒《いや》し枠で。

キャロルがいなくなって距離ができた時も、そのまま離れることはできただろうに、しなかった。できなかった。

「これ以上ごまかすって言うなら、もういいよ。アイのことはコハルに渡さない――」

「いや、それはやめてくれ。困る」

裏を返せばクズな本音は、いつだって腹の中にあったのだ。

とっさに待ったをかけてしまった心晴は、椅子の上で天を仰いだ。

「はは。やっぱな」

彼女のことがどんなにがんばってもチンパンジー枠に入らなかった時点で、答えは見えていたのだ。正しい距離感、清潔感ときれい事を唱えたところで、他の男とつきあうとなれば穏やかではいられないだろう。こんなもの『お友達』とは呼べないのだ。

「……せめて高校生じゃなくなるまで待とうと思ったんだ。道義的に」

「明後日《あさって》卒業式とか言ってなかった?」

そう。もうあと何日もない。

汰久がテーブルに頬杖《ほおづえ》をついた。

「ほんとにその皿うまそうだね。オレ、フランスパン好きなんだ」

「わかったわかった。おまえのぶんも頼んでやる。加瀬さーん！」

心晴は立ち上がって、店内にいる加瀬に手を振った。

ここで大事なことを気づかせてくれた、小さくて大きい友人に感謝の意をこめて。


そして。三月も下旬になると、早咲きの寒桜に続き、本命のソメイヨシノもちらほら花が咲きはじめてくる。

心晴が勤める私立美園学院でも、薄紅のつぼみに混じって咲く花を見上げながら、生徒の卒業式が執り行われた。

もちろん心晴は送り出される側ではなく、送り出す側だ。一年で数少ない白衣を脱ぐ日であり、今年は式進行のまとめ役も任されていたので、前年よりかなり忙しかった。

吹奏楽部の奏でる『威風堂々』が式典のクライマックスに流れ、三年生を講堂の外まで見送ると、ようやく少し肩の荷が下りる。

さらには生徒とは別に、ささやかな『送る会』にも出なければならない。

「──卒業証書、鴨井プンプリプィッコ君」

場所は南校舎一階、校長室。

応接セットのソファに、金色の目をくりくりさせて座るブチ猫がいる。

「右の者は、美園学院校長保育課程を卒業したことを証する」

学校長の葦沢《あしざわ》は、式典用のモーニング姿のまま、猫に向かって証書の文面を読み上げ、向きを変えてからうやうやしく差し出した。

「卒業おめでとう」

「にゃっ」

ぱあん！

ひさしぶりにフルネームを呼ばれたプー子は、待ってましたとばかりに猫パンチを繰り出した。

「……賞状に穴が……」

「すみませんすみません」

心晴は失敬きわまりない猫に代わって、穴の空いた卒業証書を回収した。

「いやでも葦沢校長、何も猫にまで出していただかなくても。どこから用意したんですかこれ」

「まあもの自体は、生徒用の証書の書き損じですがね……」

式にあたって名前は自ら手書き、が葦沢のポリシーらしい。

ちなみにプー子は卒業生用のコサージュの余りまで、首輪につけてもらっている。今も式を見に来た教職員や生徒たちには大好評で、「可愛《かわい》い」「最高」「マジ可愛い」と賞賛の餌食になっているところだ。

「今日でプー子君も校長室《ここ》から卒業と思うと、胸にきますね……」

「泣かないでください校長」

「いつでも遊びにきて結構ですからね」

何かここを辞めるのが、自分のような気がしてきた。

やむにやまれず猫連れ出勤をしてきた心晴だが、プー子も生後半年になり、食事の回数も朝晩の二回ですむようになった。家での留守番も問題なくできるようになったので、校長室保育は終了したいと申し出たのである。手間が減って喜ばれるどころか、葦沢は男泣きで、こうして『プー子を送る会』まで開かれてしまった。

「――本当に。色々ありましたね、鴨井先生」

「根室《ねむろ》教頭！」

校長を慰めていたら、教頭の根室まで顔を出した。

他の教職員同様、白ネクタイにブラックスーツを着た根室は、銀縁眼鏡のブリッジをおさえ、感慨深そうに目を細めている。

「教職員に生徒一同、みなで世話した子ですよプー子君は」

「まったくです根室君」

「サンダルに入るサイズだった子猫が、皆に見送られて巣立ちの日を迎える……送る月日に関守なしとはこのことですね。私も年を取るわけです」

「お二人とも、その節は大変お世話になりました」

とりあえず心晴も頭は下げる。

しかし猫の成長速度は人の何倍も速いので、人の加齢と比較してはいけないと心晴は思うのだ。

「どうしましょうか、校長。この後は」

「ケージも爪とぎもありますし、活用法を考えたいところですね――」

「ねえ鴨井先生ー！　写真撮ってくれるー？」

プー子をかまっていた生徒たちが、心晴を呼んだ。

この半年間、なんだかんだと校長室にやって来ては、子猫の成長を愛《め》でてきた者たちだ。

心晴が忙しい時に世話を代わってくれて助かったこともあるし、猫の世話にかこつけて愚痴や悩みをこぼされたこともあった。そこでアドバイスをするのは心晴自身であったり、居合わせた別の教員や生徒であったりと、振り返ってみれば様々だった。

今さらながら思う。きっと彼らにとっては、ここが学年や職種の枠を超えて気軽に相談ができる、サバンナの水場のような場になっていたのかもしれない。そして葦沢も根室も、できあがった生態系をよしとしてきた。

「富士野《ふじの》先生が、スマホの使用許可出してくれたの」

「この部屋だけよー」

「おお、良かったじゃないか。どのスマホ使うんだ」

「これ。まずは私のから」

プー子を抱いた女子生徒の周りに、人が群がる。教員も管理職も一緒くたに集まって、猫の卒業記念撮影だ。心晴は乞われるまま撮影係になった。

プー子はここまで構われても、嫌がるどころか慣れたものだ。本当にみんなで大きくしたというのは、当たっているのだろう。

「撮るぞー」

思い思いのポーズで写る、人間と猫。

プー子がいなくなった後、空いたこのオアシスをどう収め、あるいは発展させていくかは、これから心晴たちが考えなければならないのだろう。葦沢に希望があるなら、世話になった者として全力で支えなければと思った。

「せんせー。こっち向いて」

振り返ったところで、シャッター音が響いた。

胸に卒業生用のコサージュを付け、林真菜がスマホ片手ににやついていた。

「林……」

「撮ってばっかじゃつまんないでしょう。最後ぐらい一緒に撮りません？」

一瞬、対応に困った。

彼女の真意がつかめない。

想《おも》いを打ち明けられて、教員の常識として断って、それを糾弾された。まだ彼女が気にしているなら、この誘いにのっていいものだろうか。

迷いはしたものの、けっきょく一つ一つ誠実に対応していくしかないという、当たり前の結論しか出てこなかった。

「──悪い。林には、林の強いところに甘えて、ちゃんと向き合えてなかったかもしれない。本当にごめんな」

頭が良く、その年にしては達観して、からかうような物言いも多かったから、こちらも言葉を尽くさず突き放す一方になっていたかもしれない。

たとえその想いが本物であったとしても、心晴としては気持ちを受け入れるわけにはいかない。これも譲れないことだ。

「いいよもう。せんせーもそれ以上言わないで」

真菜が手のひらで制止してきた。

「考えてみたらさ、おまえが高校生だからつきあわないんだって言われるより、おまえだからつきあわないんだって言われる方がよっぽど堪えるし、残酷な話じゃないね」

「それは林……」

「鴨井せんせーは、建前の大事さを知っていた。聡明《そうめい》なわたしはそれに気づいた。どう、成長したでしょう？」

冗談めかした言い方だが、それが彼女なりのアンサーなのだろう。

猫の成長も早いが、三年手塩にかけてきた、大事なチンパンジーの成長だって、ご覧の通りの素晴らしさだ。心晴は誇らしい気持ちにさえなった。

「俺にはもったいないぐらいだ」

「ほんとにねー、大学行ったら引く手あまただと思うんですよ。可愛《かわい》いし」

「まったくだ」

「いやこれ、わたしじゃなくて三隅さんのことですからね？」

思わず反応してしまった自分は、本当にまだまだだと思う。

真菜の目が、三日月のように細まる。心晴は降参の意味もこめて、両手をあげた。

「ご忠告いたみいりますよ」

「ゴーゴー」

そしてケースに収めた卒業証書や、貰《もら》った大量のプレゼント――もちろんプー子宛だ――を車に積みこみ、コサージュをつけたままのプー子を連れて家に帰った。

荷物をテーブルに置いたところで、三隅藍からメッセージが届いているのに気がついた。

『無事卒業しました！』

彼女の学校で発行された、卒業証書の写真もついていた。あちらも日取りは同じだったようだ。

帰ってくるなり餌をねだるプー子を、腰のあたりにまとわりつかせながら、心晴はしばらくその画面を眺めていた。

まずはお祝いの言葉を送ろう。卒業おめでとう。

あとはそう——。

【鴨井プー子の場合】

（んん？　なあにこれ）

　プー子が校長室保育園を卒業して、しばらくした頃。

　飼い主の心晴は自宅アパートの窓際に、プー子のための素晴らしい遊び場を用意した。

「どうだプー子。キャットタワーって言うんだぞ」

　洋室の天井から床までにょっきり生えた二本の柱でできていて、柱の間をランダムにステップやハンモックが取り付けてあった。

　ハンモックはやわらかくて寝心地がよさそうだし、柱には麻紐《ひも》が硬く巻いてあって爪も研ぎ放題である。

　通販でこれを購入し、一時間かけて部屋に取り付けた心晴は、組み立てに使ったスパナを片手に教えてくれた。

（きゃっとたわー）

　なんて素敵なものなの、夢のよう。中身が入っていた段ボール箱とビニール袋にもぐるのに夢中になっていたプー子だが、さっそく新品の柱に体重をかけて爪をたて、バリバリと言わせてからステップを駆け上がった。

「なー！」

「そんな縄張り主張しなくても、おまえのだよ。気に入ったならよかった」

「なー！」

こんなに面白楽しいものをプレゼントしてくれるなんて──きっとプー子が可愛いからに違いない。

可愛いは正義。わたしは可愛いネコチャン。みんなプー子を可愛いと言う。

自己肯定感の高さは、生来の気質に加え、校長室保育園でありとあらゆる人間に褒《ほ》め称《たた》えられた結果である。プー子はすっかり嬉《うれ》しくなって、天井まであるキャットタワーを、何度も上り下りした。

そしてステップの一番上から、地上の様子を見下ろしてみると、心晴はローテーブルにタブレットを置き、誰かと話をしていた。

「……ってわけでね、これがプー子に出た卒業証書」

『すごい。本物みたいですね！』

板状の画面に映っているのは、以前遊びにきた人間のお嬢さんだ。確か名前は三隅藍だったか。心晴が掲げてみせたプー子の卒業証書に、目を輝かせている。

アパートにいた時は、心晴と同じぐらいの大きさだったと思うのに、いつの間にこんなに小さくなってしまったのだろう。人間とは伸び縮みする生き物なのだろうか。

そう思ったら、画面の端にもっと小さくなった胴長短足先輩が映った。どうやらあの板に映ると、なんでもかんでも小さくなってしまうらしい。

「これからは、基本的に家で留守番になるから、キャットタワーも新しく用意してさ。見える？　プー子」

『あっ、プー子ちゃん！　可愛い。ひさしぶり！』

タブレットの角度を変える。画面の中の藍が、顔をほころばせて両手を振った。

まあプー子が可愛いのは、当然のことだ。もっと画面に近いところまで降りて、サービスで小首をかしげたら、藍は感極まったように胸元をおさえた。

『良かったですね、心晴さん。プー子ちゃんを皆さんに送り出してもらえて』

「うん。藍ちゃんも晴れて大学生だ」

心晴が藍を見つめる眼差《まなざ》しは、いつも優しいと思う。でもそれはプー子を可愛がる時の目と、似ているようで少し違う。

ただ小さく、かよわいものを慈しむのではなく。

『後で母と、入学式のスーツを買いに行く予定なのです』

「デパート？」

『はい。でもそれ以外に何を着ていいか、さっぱりわからなくて。高校のお友達とも話していたのです。四月から毎日私服だなんて、小学校の時以来ですから怖いですよ』

「いいじゃないか、君には立派なＴシャツコレクションがあるでしょう」

『心晴さん——それは褒めていないですよね』

「うけると思うんだけどなあ」

藍が半眼になり、心晴は屈託なく笑った。

「大学行ったら、きっと楽しいことといっぱいあるよ。一般教養も専門の勉強も、知らないことを知るのはすごく面白い」

『はい。楽しみにしています』

「サークルもバイトもさ、興味があるならどんどんやってみるといいんじゃないかな」

画面の向こうの藍が、嬉しそうに『そうするつもりです』とうなずいた。

それほど饒舌《じょうぜつ》なタイプではないのに、言葉の端から希望が満ちあふれていて、きらきらとまぶしいぐらいだ。

実際心晴は、正面から直視できないように目を細めた。

「それでたぶん、この先忙しくなるとは思うけど……フンフンの散歩は続けるよね」

『もちろんです』

「ついでに俺のことも、その、忘れないでくれるかな。藍ちゃんのこと好きなんだ」

『あ――っ！』

途中で藍が、大声をあげた。

礼儀正しい彼女にしては珍しく、膝立ちでがさがさとカーペットの上を移動し、心晴を残して画面からフェードアウトする。そして胴長短足先輩こと、フンフンを両手に抱えてまた戻ってきた。

『申し訳ありません。フンフンが、鞄《かばん》に入れていたお菓子見つけてしまって』

「……それなに、さつまいも？」

『そうです干し芋です。だめでしょフンフン！　勝手に食べちゃ』

胴長短足フンフン先輩は、口の端に黄金色のスティックをくわえ、明後日《あさって》の方向を見ながらもぐもぐしている。

「……芋なら害はないと思うけど……相変わらずチョイスが渋いよね」

『それであの、なんのお話でしたでしょうか』

心晴が口ごもった。

藍は完全に聞き逃してしまったようだ。

「いや、いいよ。どうせなら直接言う」

『……そうですか』

画面の向こうの藍はいぶかしげで、心晴はひたすらやけっぱちの笑顔を維持している。

そしてフンフンは干し芋を食べている。

（なーるほど！）

これが先輩の言う、『二人の仲を見守る』というものなのか。

平べったい板越しのどさくさなど許さないという、先輩の厳しくも温かいメッセージ、しかと受け取りましたとプー子は思った。

――そう？　たぶんなんにも考えてないんじゃないの？　イヌだから。

（はっ）

なに今の。誰の声。

急に何か聞こえた気がしたが、あたりを見回しても何があるわけでもなく。

しばらく考えたプー子は、まあいいかと思った。稀《まれ》に混ざってくる、天の声だ。

放っておかれるのにも飽きたプー子は、キャットタワーのてっぺんによじ登ると、飼い主めがけて一、二の三でダイブした。

その後にあがった新鮮な悲鳴は、とてもとても愉快なもので、心晴は本当にいい玩具をくれたと思った。

これは明日も明後日も、そのまた次も楽しみだ！

この作品はフィクションです。実在の人物や団体などとは関係ありません。

参考文献

『ネコの博物図鑑』サラ・ブラウン／訳　角敦子／原書房／二〇二〇年十一月刊
『イヌの博物図鑑』アーダーム・ミクローシ／訳　小林朋則／原書房／二〇一九年二月刊
『イヌは愛である「最良の友」の科学』クライブ・ウィン／訳　梅田智世／早川書房／二〇二一年五月刊
『0才からのしあわせな子猫の育て方』服部幸／大泉書店／二〇一一年九月刊
『猫の日本史』桐野作人／洋泉社／二〇一七年一月刊

あとがき

どうもこんにちは。『犬飼いちゃんと猫飼い先生』、ありがたいことに二巻を出すことができました。これも一巻を読んでくださった皆様のおかげ、そしてネタを提供してくれた家の犬猫のおかげと、いつもより多めに犬猫の腹をなでてきました。ひなたぼっこ中だったので、冬毛がふかふかだったことをここにご報告いたします。

さて、この話が出るのは卒業式のシーズンですが、作中の季節も晩秋から春にかけての物語になりました。一巻ラストで拾った子猫のその後も、心晴《こはる》や藍《あい》の奮闘とともに追いかけております。

この話のヒロインは藍ではありますが、心晴のイメージが『青年誌で主役やってそうな二枚目半のにーちゃん』なので、彼も半分主人公だと思って書いております。別シリーズの亜潟葉二《あがたようじ》が『ちょっと年齢層高めの少女漫画誌に載ってるヒーロー』のイメージで書いていたので、たぶん心晴と葉二は同じL文庫ノベライズでも掲載誌と作画のタッチが違うはず……。

キャラの把握は細かいプロフィールを設定するより、こういうコンセプトとキャッチフレーズを軸に広げていくタイプなのですが、案外そのままの同志にはめぐりあえず。はて。

ともあれヒトにとっての『卒業』、動物にとっての『卒業』、いろいろな角度から卒業を取り扱ってみたので、お楽しみいただけますと幸いです。それではまた！

竹岡《たけおか》葉月《はづき》

お便りはこちらまで

〒一〇二―八一七七
富士見L文庫編集部　気付
竹岡葉月（様）宛
榊　空也（様）宛

富士見Ｌ文庫

犬《いぬ》飼《か》いちゃんと猫《ねこ》飼《か》い先生《せんせい》２
お友達《ともだち》から卒業《そつぎょう》しますか？

竹岡葉月《たけおかはづき》

2023年３月15日　初版発行

発行者　山下直久
発　行　株式会社 KADOKAWA
〒102-8177　東京都千代田区富士見２-13-３
電話　0570-002-301（ナビダイヤル）

印刷所　株式会社暁印刷
製本所　本間製本株式会社
装丁者　西村弘美

ISBN 978-4-04-074759-0 C0193

おいしいベランダ。

著／竹岡葉月　イラスト／おかざきおか

ベランダ菜園&クッキングで繋がる、
園芸ライフ・ラブストーリー！

進学を機に一人暮らしを始めた栗坂まもりは、お隣のイケメンサラリーマン亜潟葉二にあこがれていたが、ひょんなことからその真の姿を知る。彼はベランダを鉢植えであふれさせ、植物を育てては食す園芸男子で……!?

【シリーズ既刊】1～10巻【外伝】亜潟家のアラカルト

富士見L文庫